스
웨
터
짜
는
남
자

스웨터 짜는 남자

1판 1쇄 인쇄 2018년 1월 15일
1판 1쇄 펴냄 2018년 1월 20일

지은이 ── 이종은
펴낸이 ── 최성재
펴낸곳 ── 도서출판 책언덕
　　　　　출판등록 2011년 10월 24일 제101-91-28648
　　　　　전화 070-4156-2292　팩스 02-6280-2292

ISBN　978-89-6765-383-5　03810

● 이 책은 한국출판문화산업진흥원의 출판콘텐츠 창작자금을 지원받아 제작되었습니다.
● 책언덕은 도서출판 노루궁뎅이의 문학 브랜드입니다.

● 잘못된 책은 바꿔 드립니다.
● 책값은 뒤표지에 있습니다.

잠깐 쉼표를 찍는 시간에 필요한
열두 가지 이야기

스
웨
터
짜
이 는
종 남
은 자

지
음

책덕

　얼마 전의 일입니다. 한 아주머니가 기르던 개를 데리고 산책을 나섰습니다. 그런데 아주머니가 길거리에서 쓰러지고 말았습니다.

　개는 쓰러진 아주머니 곁을 잠시도 떠나지 않고 요란하게 짖어대기 시작했습니다. 멀지 않은 거리로 사람들이 지나다녔지만 아무도 개 짖는 소리에 신경 쓰지 않았습니다.

　얼마쯤 시간이 흐른 뒤 한 남자가 그 곁으로 다가갔습니다. 남자가 다가오자 개는 도움을 요청하듯 간절한 눈빛으로 짖어댔습니다. 아주머니는 개 덕분에 무사할 수 있었습니다.

　세상에는 알게 모르게 고마운 일이 참 많습니다. 사랑은 우리가 깨닫지 못하는 사이에 찾아듭니다. 하지만 우리는 사랑이 찾아온 것을 전혀 눈치채지 못하다 뒤늦게야 사라져가는 사랑을 아쉬워할 뿐입니다. 가족에 대한 고마움, 이웃에 대한 고마움, 친구에 대한 고마움은 그래도 쉽게 느끼는 편입니다. 대신 자연이 주는 무한한 고마움에 대해서는 무감각합니다. 바람 한 줄기, 햇살 한 줌, 시원한 빗물, 향기로운 꽃, 맑은 새소리……

어쩌면 우리가 더 많이 고마워해야 하는 것은 그런 것들일지 모릅니다. 그런 것들이 없었다면 우리 인간은 하루도 살아갈 수 없을 테니까요. 공기가 없다면 숨을 쉴 수 없고, 빗물이 없다면 물을 마실 수 없고, 햇살이 없다면 한낮에도 어둠 속에서 지내야 하고, 바람이 없다면 더운 여름날 땀을 식힐 수 없고…….

그런데도 우리는 눈으로 볼 수 있는 것, 사는 데 직접적으로 영향을 받는 것 외에는 고마운 마음을 품지 않습니다. 당연히 받아도 되는 공짜라고 생각하기 때문입니다.

그러나 주변을 살펴보면 우리가 고마워해야 되는 것들은 사람만이 아니라 그런 보이지 않는 것이 훨씬 더 많다는 것을 느끼게 됩니다. 물 한 방울 없이 사막을 헤매다가 누군가의 도움으로 물을 마실

수 있어서 무사히 사막을 빠져 나왔다면 그 사람은 물을 준 사람을 생명의 은인으로 여길 것입니다. 그러나 천신만고 끝에 만난 오아 시스를 생명의 은인이라고 여기지는 않습니다. 살았다는 사실에 그 저 다행스러워할 뿐입니다.

이 책은 사람에 관한 이야기만을 싣지 않았습니다. 힘들게 운동 을 하는 한 아이 뒤를 쫓아다니며 땀을 식혀 주는 바람도 주인공이 고, 따뜻한 음식을 먹여 준 고마운 할머니 무덤을 지키는 개도 이 책의 주인공입니다.

우리가 얼마나 알게 모르게 많은 사랑을 받고 살며 얼마나 큰마 음 부자인가를 말하고 싶었습니다.

사랑을 할 줄 아는 것도 중요하지만 받을 줄 아는 것도 중요합니 다. 누군가 나를 사랑하고 있어도 받을 줄 모른다면 그 사랑은 흔적 없이 사라지고 맙니다.

나를 따뜻하게 포옹해 주는 것이 세상에 얼마나 많은가를 안다 면, 세상을 훨씬 더 고마워하며 살아가지 않을까요?

차례

첫 번째 이야기
스웨터 짜는 남자

그는 스포츠 센터를 운영하던 젊은 사업가였다.

어려서부터 워낙 운동을 좋아해서 대학 다닐 때까지는 축구선수로 활약하기도 했다. 그에게 운동이란 세상을 지배할 수 있는 권력이었고, 부자로 만들어 주는 재테크였고, 사람을 굴복시키는 강한 힘이었다.

하지만 워낙 치밀하고 이성적이고, 한 푼도 손해 보지 않는 행동 탓에 사람들에게 '독사'라고 불렸다.

"남에게 베풀고 살면 좋기야 하지. 고맙다는 말도 듣고, 칭찬도 많이 들을 테니까. 그렇지만 받은 사람들은 준 사람 앞에서만 그렇게 말할 뿐이지 돌아서면 바보, 하고 우습게 봐. 뭣 하러 애써 번 돈으로 남 좋은 일 시키고 바보 소릴 들어."

그는 남들이 자신을 뭐라고 욕을 하든 상관없다고 여겼다. 어차피 세상이란 힘의 논리가 있을 뿐이라면서.

그런데 어느 날 그는 뜻밖의 사고를 당하고 말았다. 자동차 사고를 당해 다리를 심하게 다친 것이다.

"한쪽 다리를 절단해야 되겠습니다."

의사로부터 그런 말을 들었을 때, 그는 아무 생각도 하지 않았다.

다리를 자른다, 그건 평생 불구로 살아가야 된다는 것을 의미하는 것만은 아니었다. 운동을 다시는 할 수 없다는 말이기도 했다. 운동을 할 수 없다는 것은 그에게 죽음을 의미했다. 권력, 돈, 힘을 모두 잃는 것이었다.

그 말을 듣는 순간 세상이 텅 비어 버린 것만 같았다. 오직 다리를 절단해야 된다는 의사의 목소리만이 공명음처럼 꽝꽝 울릴 뿐이었다. 그건 다른 선택의 여지가 없음을 뜻하는 것 같았고, 덕분에 그는 그 상황을 담담하게 받아들일 수 있었다.

다리를 절단한 뒤, 피땀 흘려 이룩한 스포츠 센터도 남의 손에 넘어가고, 사랑한 여인도 떠나 보냈다.

그는 산송장처럼 방 안에 누워 지냈다.

"사고당했을 때 죽은 목숨이었다고 생각하고 용기 내어 살아 보자. 죽음 대신 다리 하나를 잃었다고 생각하자."

어머니는 어떻게든 아들이 다시 용기를 내어 살아가길 바랐다.

그러나 아침부터 저녁까지 땀을 뻘뻘 흘리며 운동을 했던 그에게 사라진 다리는 세상에 존재해야 될 이유를 상실한 것과 다를 바 없었다. 어머니의 눈물도 그를 움직이지 못했다.

"내 다리가 왜 이렇게 된 거야!"

"내가 무슨 죄가 있다고 이런 벌을 받아야 돼!"

그는 그날그날을 술로 견디며 지냈다.

어머니의 속도 까맣게 타들어가고 있었다. 곱던 얼굴에는 주름살이 내려앉았고, 항상 환하게 웃던 표정은 먹구름이 가득했다.

어머니는 생활비를 벌기 위해 수예점을 시작했다.

어머니는 아들에게 한 번도 잔소리를 하지 않았다. 술을 마시고 있으면 먹음직스럽게 음식을 만들어 놓고, 방 안에 틀어박혀 만화책만 보고 있으면 만화책을 구해 방에 넣어 주었다. 간혹 영화나 연

극 티켓을 아들 손에 쥐어 주고, 아들이 입을 옷은 항상 깨끗하게 세탁하고 다림질해 놓았다.

"네가 느닷없이 외출할 일이 있을 수도 있으니까."

어머니는 아들이 넘어진 자리에서 제 발로 일어서길 바란 것이다. 다시 따뜻한 시선으로 세상을 사랑하길 간절하게 바랐다.

그런 어머니를 보면서 그도 차츰 변하기 시작했다. 술을 마시지 말라는 잔소리 대신 말없이 안주를 만드는 어머니의 모습을 볼 때나 아들이 읽을 만화책을 구하느라 헌 책방이나 책 대여점을 기웃거리는 어머니 모습을 떠올릴 때면 절로 한숨이 나오고는 했다.

그는 비로소 어머니의 슬픔을 이해하기 시작했다. 자신은 다리를 잃고 축구를 할 수 없게 되었지만, 어머니는 아들을 통째로 잃어버린 채 살고 있었다.

어느 날, 그는 목발을 짚고 어머니가 운영하는 수예점으로 나갔다. 어머니는 힘겹게 가게 셔터를 내리고 있었다.

"제가 할게요."

그는 어머니 대신 셔터를 내렸다.

"힘 좋은 네가 하니까 이렇게 쉽게 내려오는구나. 나는 진땀을 빼면서 내려야 하는데."

어머니는 활짝 웃으며 아들의 등장을 반겼했다.

그 뒤로 그는 새로운 일을 시작했다. 바로 어머니 대신 아침저녁
으로 가게 셔터 문을 열고 닫기였다. 가게 안을 정리하는 것도 차츰
그의 몫이 되었다.

어머니는 아들을 말리지 않았다. 어머니는 아들이 별 것 아닌 일
이지만 뭔가 할 일이 있다고 여기길 바랐던 것이다. 그래서 세상 밖
으로 나와 사람들과 마음의 문을 열고 지내기를 소원했다. 그렇게
한 발 한 발 세상 밖으로 나오면 언젠가는 불편한 다리일망정 당당
하게 세상과 맞서 살아가리라 여겼다.

어머니가 손님들에게 물건을 팔거나 뜨개질을 할 때면 그는 옆에
앉아 책을 읽고는 했다.

그렇게 일 년이 지나고, 이 년이 지나고, 삼 년이 다 되어갔다.

어느 날, 어머니는 급한 볼일이 생겨 며칠 동안 가게 일을 할 수
가 없었다. 그는 어머니 대신 가게를 보는 동안 너무 무료해서 몸이
배배 꼬일 지경이었다.

"정말 심심하네. 뭘 하면서 놀지?"

뭔가를 하고 싶은데 마땅하게 할 일이 없었다. 종일 책 읽는 것도 지루했다.

"어떤 일에 몰두해야 될지 모르겠다면 당연히 열심히 할 수 있는 일부터 시작하면 돼."

그는 혼잣말을 하며 뜨개바늘을 손에 쥐었다. 그동안 어머니가 뜨개질하는 모습을 눈동냥으로 보았던지라 어렵지 않게 코를 뜨고, 한 코 한 코 뜨개질을 시작할 수 있었다.

"이거 굉장히 재밌는걸."

그는 시간 가는 줄 모르고 뜨개질을 했다. 운동을 했던 투박한 그의 손 안에서 가늘고 긴 뜨개바늘과 알록달록한 털실은 전혀 어울리지 않았지만 그는 정성을 다해 뜨개질을 했다. 아침부터 저녁까지 뜨개질에 매달려 손가방 하나를 비로소 완성했다.

"첫 작품치고는 썩 괜찮군."

그는 손가방을 입구에 걸어 놓았다. 가게 문이 열리고 한 아가씨가 들어 왔다.

"어머, 손가방이 참 예쁘다."

아가씨는 어설프지만 특이하게 짜인 손가방을 먼저 집어 들었다.

그리고 선뜻 돈을 내고 사 갔다.

"어라?"

그는 어리둥절한 표정으로 받은 돈을 보았다. 첫 작품이 그렇게 쉽게 팔려 나간 것이 여간 신기하질 않았다.

이튿날도 그는 가방 하나를 완성했다. 놀랍게도 그 가방 또한 걸어 놓기 바쁘게 팔렸다.

"정말 손재주가 좋아요. 운동만 잘하는 줄 알았더니 이제 보니 뜨개질 솜씨도 여간이 아니네요."

두 번째 작품을 구입한 양품점 아주머니도 그의 솜씨를 신기해했다. 어머니는 아들이 뭔가를 시작했다는 사실이 고맙기만 했다.

"솥뚜껑만큼 크고 투박한 손이 뜨개질을 하면 엉성할 줄 알았는데 그게 아니었구나."

"힘이 좋으니까 기계처럼 쫀쫀하고 올도 쪽 곧잖아. 저 큰 손이 정말 좋은 연장이야."

그의 솜씨는 하루하루 몰라보게 좋아졌고, 가게를 찾아오는 단골도 늘어났다.

그는 비로소 자기 마음 안에 웅크리고 있던 눈을 들어 세상을 바라보았다. 실로 몇 년 만에 새로 만나는 세상이었다.

시장 안에는 어려운 사람이 참으로 많았다. 하루하루를 어렵게 살아가는 사람이 대부분이었지만 그들은 웃음을 잃지 않았다. 별것 아닌 일로 행복해했고, 아주 작은 것에도 고마워했다. 사소한 것을 얻었음에도 세상에서 가장 큰 부자처럼 든든해했다.

엊그제는 소현이 엄마가 가게를 찾아왔다. 뇌성마비를 앓는 소현이는 열두 살인데도 다섯 살 정도의 지능을 지녔다.

"우리 소현이가 연주회를 해요. 오실 수 있을까요?"

소현 엄마는 그에게 초대장 하나를 조심스럽게 내밀었다.

부자연스러운 모습의 아이들이 악기 하나씩을 들고 있는 사진 밑으로 연주회 날짜와 장소가 적혀 있었다.

"예, 가겠습니다."

그는 선뜻 대답했다.

"애들한테 제 다리가 아직 덜 자라서 이렇게 짧은 거라고 말해 줄게요."

그의 말에 소현 엄마는 소리 내어 웃었다.

"애들은 그 말이 진짜인 줄 알고 다리가 언제 다 자라느냐고 물을 아플 때면 세상이 내 아픔을 알아주기를 바라지도 마세요.

다만 내가 왜 아플까를 골똘히 살피며 스스로를 다독여 주세요.

그래야 아픔이나 슬픔에 무릎을 꿇지 않고

담담하게 힘듦을 이길 수 있는 힘이 생기니까요.

그렇게 해서 얻은 힘은 사랑하는 사람만이 아니라

밉고 원망스러웠던 사람까지도 꼭 껴안을 수 있는,

세상에서 가장 센 힘이 되어 당신을 지켜줄 거예요.

거예요."

그러면서 소현이 자랑을 했다.

"지난 주 토요일이 우리 소현이 생일이었어요. 근데 촛불을 일곱 개나 껐어요. 작년에는 세 개밖에 못 껐거든요."

열두 살이면 당연히 열두 개의 촛불을 다 꺼야 옳다. 그런데도 작년보다 촛불을 네 개나 더 껐다는 사실만 고마워하며 몹시 자랑스러워하고 있었다.

"늦었지만 소현이 생일 선물이에요. 전해 주세요."

그는 털장갑 한 켤레를 건넸다. 빨간 털실과 노란 털실을 섞어 짠 벙어리장갑이었다.

"이걸 직접 짰어요? 정말 따뜻하겠어요."

소현 엄마는 눈물을 글썽이며 깊숙이 고개를 숙였다.

"정말 고맙습니다. 정말 고맙습니다."

소현 엄마는 고맙다는 인사를 거듭 했다.

그는 알고 있었다. 소현 엄마가 무얼 고마워하는지를. 세상을 다 포기하듯 살았던 그가 밝은 표정으로 다시 세상과 마주 선 것을 자기 일처럼 기뻐하고 있는 것이다.

그렇게 그는 시간이 지날수록 시장통의 사람들을 닮아갔다. 별 것 아닌 것에도 조금씩 행복을 느끼기 시작했다. 따뜻한 말 한마디에도 고마워했고, 덤으로 받은 사과 하나로 큰 횡재를 한 것처럼 좋아했다.

그렇게 다리를 잃음으로써 세상 전부를 잃었다고 여겼던 그의 마음속에 차츰 다른 것들이 채워지기 시작했다.

그는 사람들을 더 큰 부자로 만들어 주고 싶었다.

"다리가 불편한 내가 할 수 있는 일이 뭘까."

그는 진지하게 자신에게 물었다. 아무리 생각해도 좋은 생각이 떠오르지 않았다.

그는 생각을 가다듬기 위해 스웨터를 짜기 시작했다. 그렇게 한 올 한 올 짜기 시작한 첫 번째 스웨터는 이십여 일이 지나서야 완성할 수 있었다.

스웨터를 완성한 날, 그는 우연히 종이를 줍는 할머니를 보았다. 할머니는 종이 하나도 허투루 다루지 않고 손수레에 차곡차곡 담았다. 앙상한 얼굴, 쩍쩍 갈라진 손끝, 얇은 옷, 할머니는 참으로 추워 보였다.

"아, 저 할머니가 스웨터를 입으면 좋겠구나."

그는 스웨터를 할머니 몸에 걸쳐 주었다.

"제가 처음으로 짠 스웨터예요. 따뜻하게 입으세요."

그의 말에 할머니는 눈물을 글썽이며 고마워했다. 고마워하는 할머니를 보면서 그는 자신이 할 수 있는 일이 무엇인가를 깨달았다.

그 날 이후, 그는 부지런히 스웨터를 짜기 시작했다. 그리고 은행에 돈을 저축하듯, 사람들 마음속에 따뜻한 스웨터를 저축했다.

그는 손에서 털실과 뜨개바늘을 놓지 않았다. 새로운 스웨터를 짤 때마다 이번에는 누구의 마음속에 저축을 할까, 그 생각을 하며 행복한 마음으로 뜨개질을 했다.

그리고 시장통의 어려운 이웃, 텔레비전이나 신문에서 만난 어려운 이웃, 무의탁 노인들, 소년·소녀 가장들에게 정성 들여 짠 스웨터를 보냈다.

'세상에서 가장 따뜻한 마음 하나를 당신의 가슴속에 저축합니다. 그래서 나는 어제보다 더 큰 부자가 되었습니다.'

그는 편지에 그렇게 쓴 뒤에 '스웨터를 짜는 남자'라고 적었다.

그렇게 한 개의 스웨터가 누군가에게로 보내질 때마다 그는 세상

에서 가장 큰 부자가 되어 있고는 했다. 추운 겨울에도 마음이 훈훈
했다. 자신이 짠 스웨터가 세상을 포근하게 안아 주고 있는 것만 같
았다.

"따뜻한 마음이 세상의 종교이고, 희망이고, 세상을 살아가게 하
는 나침반이야."

그는 누구에게나 그렇게 말했다. 그리고 덧붙였다.

"다리를 잃었을 때 난 벼랑 끝에 서 있다고 여겼어. 그런데 눈만
돌렸을 뿐인데 이렇게 따뜻하고 아름다운 세상이 있을 줄이야."

동백꽃이 필 때까지

바람이 부나 보다. 간혹 창문이 덜컹거리기도 하고 나뭇가지들이 휙휙 휘파람을 부는 소리가 들리기도 한다.

나는 침대에서 벌떡 일어난다. 거실에서 뻐꾸기시계가 뻐꾹뻐꾹 다섯 번 울고 있었다. 엄마가 결혼하면서 샀다는 뻐꾸기시계는 많이 낡았는데도 우는 소리만은 언제나 우렁차다.

"겨울에 우는 뻐꾸기 소리가 정말 우렁차다니까."

나는 더 자고 싶은 생각이 굴뚝같았지만 꾹 참고 일어나 찬물에 세수부터 한다. 집 안은 아직 고요하다. 부모님은 일곱 시가 되면 일어나 출근 준비를 서두를 것이고, 동생 찬호는 일본 출장을 떠난지 벌써 일주일째다.

현관 앞에 놓인 부모님 구두는 흙이 잔뜩 묻어 있다. 어제 오후부터 내린 비에 공원길이 몹시 질척거렸을 것이다.

부모님은 같은 직장에 다닌다. 집에서 직장까지는 세 정류장 정도 거리다. 두 분은 가능하면 차를 타지 않고 공원을 걸어서 집으로 돌아온다.

"운동도 되고 돈도 절약하고. 그야말로 일석이조야."

엄마는 아버지와 함께 공원 걷기를 몹시 좋아했다. 하지만 아버지는 반대였다.

"왜 멀쩡한 포장도로 놔두고 흙길로만 가자고 하는지 모르겠어."

공원에는 도로와 철로를 가운데에 두고 두 갈래의 길이 있다. 도로 가까이 있는 길은 포장이 되어 있고, 철로 가까이 있는 길은 흙길이다. 포장도로에는 자전거가 많이 달리는 탓도 있지만 엄마는 흙길을 더 선호한다.

"이왕이면 흙을 많이 밟아야지. 인간이 원래 자연에서 태어났으니 자연하고 친해야 좋은 것 아닌가?"

"오늘부터는 당신 혼자 흙 밟고 와. 나는 차 타고 올 테니까. 구두가 이게 뭐야?"

"내가 명품 가방 사 달라고 하는 것도 아니고, 공원 같이 걸어오자는 부탁이 그렇게 어려워요?"

아침마다 똑같은 실랑이가 이어졌고, 보다 못해 내가 나섰다.

"하루는 포장도로, 하루는 흙길! 그러면 되겠네요. 구두는 제가 책임질게요."

내 말에 부모님은 조금 걱정스러운 표정을 지었다.

"물티슈로 닦으면 되는데 뭐 하러 손에 흙을 묻혀?"

"저도 가족 구성원으로서 뭔가 해야 되겠어서요."

부모님은 대학 졸업도 하기 전에 대기업에 취직한 동생과 달리 몇 년을 백수 생활을 하는 나를 단 한 번도 나무라지 않았다. 하지만 고작 구두나 닦겠다고 나서는 아들이 염려스러운 눈치였다.

"걱정 마세요. 두 분한테 빌붙어 지내는 일이 쉬운 줄 아세요? 저도 희망 하나가 생겼거든요."

"희망? 그게 뭔데?"

"비밀입니다."

"좋았어. 너한테 비밀로 할 만한 희망이 생겼다니 듣던 중 가장 반가운 말이다."

그 날 이후 나는 다른 날보다 일찍 일어나 구두를 닦아 놓고 도서실로 향했다.

초등학생도 아니고 다 큰 아들이 부모님 구두를 닦는 일이 뭐 그리 자랑스러운 일이겠는가. 하지만 나는 신명을 내며 구두를 닦았다. 구두약을 묻힌 구두를 가스레인지 불에 살짝살짝 달군 뒤에 닦으면 더 광이 났다.

별 것 아닌 일이었다. 하지만 단짝 친구 병수가 자신의 삶을 새로이 닦아 가기 위해 열심히 아르바이트를 뛰는 것처럼 나 또한 내 삶에서 뭔가 광나게 닦이기를 바라는 어떤 바람이 있었던 것 같다.

어려서부터 어른들한테 가장 많이 들은 말은 "너는 자라서 뭐가 되고 싶냐? 희망이 뭐야?"

나는 그 말을 들을 때마다 난감해지고는 했다. 내 대답은 딱 한 가지 "뭘 하고 싶은지 아직 모르겠어요."

그러면 늘 한결같이 "인마, 희망도 없고 꿈도 없으면 어떻게 해?"

그러면 나는 꼭 되묻고 싶었다.

"그럼 아줌마는 꿈을 이뤘어요?"

"아저씨는 꿈이 뭐였어요?"

언젠가 정육점에 심부름을 갔는데 아저씨가 내 머리를 쓰다듬으며 말했다.

"엄마 심부름도 척척 하고. 나중에 자라서 대통령 되겠어."

심부름을 잘하면 대통령이 될 수 있나, 하는 생각을 잠깐 했던 것 같다. 그리고는 나도 모르게 대뜸 물었었다.

"아저씨 어릴 적 꿈이 정육점이었어요?"

그 아저씨가 어떤 대답을 했는지는 기억에 없다. 다만 아저씨가 내 머리에 꿀밤을 세게 먹인 것만 기억날 뿐이다.

"꿈이 없다고 절망할 필요는 없어. 어린 시절에 꿈이 정해진 사람도 있지만 어른이 되어서야 꿈이 뭔지 알게 되는 사람도 많으니까."

그 말을 해 준 것은 병수였다.

어려서부터 한 동네에서 자란 병수와 나는 공통점이 많았다. 공부 실력도 없고, 여자애들한테도 인기가 별로 없고, 운동도 관심이 없고, 나가 놀기보다는 방 안에 틀어박혀 게임을 즐겨하고, 당연히 교실에서도 존재감이 별로 없고, 끈질긴 구석도 없고, 꿈도 없고……

기억이 맞는다면 우리는 단 한 번도 문제를 일으키지 않았던 것 같다. 뚜렷한 문제점이 없는 만큼 부모님 속을 크게 썩인 일도 없지만 부모님의 자랑스러운 자식은 더더욱 못 되었다.

대학을 졸업하고, 몇 백 통의 이력서를 썼다는 친구들 이야기를 들으면서도 우리는 그런 치열한 취업난과는 아무런 상관없는 일처럼 여겼다.

"공들여 이력서 써서 내밀어 봤자 우리는 그냥 들러리에 불과해. 저렇게 눈에 불을 켜고 뛰어다니는 애들도 취직이 어려운 걸 보면 알 수 있잖아. 거지 같은 세상은 빽 없으면 절대 안 돼."

이력서를 한 번도 쓴 적이 없다고 하면 누가 믿을까. 그런데 우리는 그랬다. 내면적으로는 우리 실력이 부족하니까 자신감이 없어서였지만 밖으로는 '거지 같은 세상' 운운하거나 '빽' 없음을 핑계했다. 그렇게 서른이 다 되도록 빈둥거리면서도 우리는 크게 걱정하지 않았다. 혼자가 아니라 둘이어서 그랬을지 모른다. 나이를 먹는 것도 두렵지 않았고, 나잇값을 못한다는 것도 두렵지 않았다.

대신 밤새 게임을 하느라 밤잠을 설친 것을 자랑스러워하고, 빌려 온 만화 내용을 줄줄 꿰는 것을 큰일처럼 떠들어대고, 좋아하는 만화 캐릭터가 그려진 옷이며 쿠션, 카드 따위를 소중한 보물처럼 모으고……. 우리 핸드폰의 다이어리에는 보고 싶은 영화의 조조 시간을 기록해 놓은 것이 전부였다.

"이번 달 용돈은 오만 원밖에 안 썼어."

"그러고 보면 세상 살면서 크게 돈이 필요한 것도 아니라니까."

굳이 일하지 않아도 오만 원 정도의 용돈으로 충분히 한 달을 살아간다는 것이 우리의 큰 자랑거리이기도 했다. 그러니까 부모님에게 비록 기생하고 살망정 아무에게도 큰 짐이 되지 않는다는 사실을 위안으로 삼았다.

자존심이 강한 병수는 선배가 용돈이라도 쥐어 주려고 하면 언짢은 표정부터 지었다.

"제가 비록 백수로 살망정 자존심만은 지키게 해 주십시오."

나중에 내가 물었다.

"선배한테 용돈 좀 받는 것이 왜 자존심 상할 일이야?"

"나를 거지 취급하는 것 같아서."

오만 원의 지출을 자랑스러워하는 우리에게 연애, 술, 담배 따위는 아주 거리가 먼 이야기였다. 그렇게 우리는 새털 같은 변화도 있을 수 없는 하루하루를 아무렇지 않게 보내며 살고 있었다.

그러다 먼저 변화를 일으킨 것은 병수였다.

"백수 노릇 충분히 했으니 이제부터는 돈 열심히 벌어야지."

병수는 아버지가 병원에 입원한 이후에 눈에 띄게 달라졌다.

편의점, 주유소, 커피숍, 피자집, 식당, 오토바이 배달 아르바이트
를 비롯해 대형 마트 물류 업무, 대형 서점 주차장 업무, 개 산책시
켜 주기, 무역회사에서 채용하는 단기 아르바이트, 북시터, 경마장
에서 기수들에게 얼음을 가져다주거나 말 오줌 받아 내는 일……

세상에는 참 다양한 종류의 아르바이트가 있다는 걸 병수를 통해
알았다. 어려서부터 함께 지내 온 나도 깜짝 놀랄 정도로 병수는 변
화를 보였다. 처음에는 단순히 병수가 아버지 대신 생활비를 벌기
위해 아르바이트를 하는 줄 알았다.

그런데 그것만은 아니라고 했다.

"지금 나는 돈도 벌면서 스펙을 쌓는 중이야. 예전처럼 이색 경험
이나 학위, 공인 영어 성적 따위로는 취직하기 힘들어. 인턴 경험,
아르바이트, 창업과 같은 사회 활동을 스펙으로 인정해 주는 회사
가 많아졌거든. 네가 알다시피 우린 공부 실력으로 취직하기는 불

가능한 일이잖아."

나는 어안이 벙벙한 채로 병수의 말을 귀담아들었다. 우리 둘 다 초등학생처럼 철없었는데 병수만 느닷없이 어른이 된 것 같은 착각이 들 정도였다.

"네 인생에서 가장 멋진 결정을 내린 것 같다."

나는 진심으로 병수를 응원했다. 그러면서 덧붙였다.

"네가 알바 나가고 없는데 혼자 놀 수는 없고, 나도 너처럼 죽기 살기로 할 일 한 가지를 생각해 냈다. 공무원 시험을 봐야겠어."

별로 의미 있게 한 말은 아니었다. 젊은이들이 가장 선호하는 직업이 공무원이라는 통계 자료를 문득 떠올렸을 뿐이었다.

"야, 너도 네 인생에서 가장 멋진 결정을 내렸잖아!"

병수는 자기 일처럼 기뻐했다. 그러더니 이튿날 자정이 다 되어서 나를 찾아왔다.

"자, 나랑 타협하자. 네가 진짜 공무원 시험공부를 할 것 같으면 이걸 받고 중간에 포기할 것 같으면 받지 마. 나는 도로 반납하면 되니까. 생계형 아르바이트를 하는 친구가 네 뒷바라지를 하면 미안해서라도 더 열심히 할 것 같아서 말이다. 대신 공무원 시험에 합격하면 첫 월급 타서 다 갚아야 한다.”

병수 손에는 공무원 학원 수강증과 여러 권의 도서가 들려 있었다. 친구를 위해 학원과 서점으로 뛰어다녔을 병수 모습이 눈에 훤했다.

“너희 집은 우리 집보다 넉넉하니까 나처럼 스펙 쌓자고 알바에 매달리지 않아도 되잖아. 내가 생각해도 너한테는 공무원이 딱인 것 같아.”

수강증과 책을 건네받는 순간 가슴이 몹시 두근거렸다. 지금까지 전혀 몰랐던 어떤 진실 하나를 깨닫는 듯한 그런 벅참이었다. 순간적으로 내 꿈이 공무원이었다는 사실을 비로소 깨달은 듯한 그런 기분이었다.

“알았어. 네가 이렇게까지 내 뒷바라지를 해 주는데 내가 포기하면 우린 친구도 아니지.”

이튿날부터 나는 도서실을 찾아가 공부에 매달렸다. 항상 붙어 다녔던 병수가 없으니까 달리 할 일도 없었다. 공부를 하다 꾀가 나거나 싫증이 나면 핸드폰을 열어 병수와 통화를 했다.

“왜? 내가 지금 엄청 바쁜데 할 말 있으면 얼른 해.”

일찍 희망과 꿈을 찾아낸 사람이라면 이른 봄에 개화하는 꽃과 같을 것이고,

늦게 찾아낸 사람이라면 한겨울에 피어나는 동백처럼 늦되게 피어날 것입니다.

어떤 계절에 피어나건 꽃은 다 아름답습니다.

그러니까 꿈과 희망을 잃지 않고 살아가는 모든 사람이 다 아름답습니다.

꿈이나 희망을 찾는 계기는 아주 특별한 경우에 있지 않습니다.

아주 사소한 기회로 찾아내는 경우도 많습니다.

하지만 더 중요한 것은 그렇게 찾아낸 희망과 꿈을 어떻게 완성해 나갈 것인가,

그것은 우리 스스로 해결해야 할 숙제입니다.

병수는 제아무리 바빠도 내 전화를 받아 주었다. 어느 때는 별로 바빠 보이지도 않은데 바쁜 척했다. 그래야 내가 더 열심히 공부할 거라고 여긴 모양이다.

"요즘 뭐 하길래 얼굴 보기도 힘들어?"

부모님은 도서실에서 늦게 돌아오는 나를 궁금해했지만 공무원 시험 준비 중이라는 말은 하지 않았다. 어려서부터 존재감 없이 자란 아들이지만 한 번이라도 부모님을 기쁘게 해 드리고 싶었기 때문이다. 늦돼도 한참 늦된 아들이 정신 차리고 공무원 시험 준비를 한다고 하면 부모님은 뭐라고 하실까.

아침 공기가 차가웠다. 나는 빗자루와 쓰레받기를 챙겨 들고 대문을 나섰다. 간밤에 바람이 많이 불었는지 골목에는 낙엽이 수북했다. 화단의 동백 꽃망울이 터질 듯 붉었다. 내가 태어나던 해에 외할아버지가 심은 나무라고 했다.

"우리 은호는 동백꽃이 분명해. 어떻게 봄에 피는 꽃만 꽃이겠어. 여름에 피는 꽃도 있고, 가을에 피는 꽃도 있고, 겨울에 피는 꽃도 있는데. 우리 은호는 동백꽃이라서 늦게 피는 것뿐이야."

엄마는 잘 나가는 동생 앞에서 내가 주눅이라도 들세라 간혹 그렇게 말하고는 했다.

찬바람이 얼굴을 시리게 했지만 찬물에 머리를 감은 것처럼 기분이 상쾌했다. 눈을 들어 하늘을 보니 먼동이 서서히 트고 있었다.

"그래, 내 인생에도 언젠가는 먼동이 트는 날이 오겠지."

나는 부지런히 골목을 쓸기 시작했다. 골목 쓸기는 단순히 새벽잠을 깨기 위해 시작한 일이었다. 골목 저 끝에서부터 저 입구까지 다 쓸고 나면 나 아닌 누군가를 위해 무언가를 했다는 뿌듯함이 기분을 좋게 해 주었다.

그런데 골목 쓸기는 예기치 않은 일로 이어졌다.

어느 날 동네 공용 주차장을 지나가다가 전단지 한 장을 발견했다.

'생계형 알바 청년입니다. 자동차 세차해 드립니다. 상큼한 하루를 시작하실 수 있도록 책임지겠습니다.'

놀랍게도 전단지에는 병수의 전화번호가 적혀 있었다. 새벽잠까지 아껴서 세차 아르바이트를 시작한 모양이었다.

나는 아주 좋은 생각을 떠올렸다. 병수가 내게 희망을 찾게 해 준 것처럼 나도 병수에게 뭔가 도움이 되고 싶던 참이었다.

나는 그다음 날부터 이웃들에게 먼저 인사를 건넸다.

"안녕하셨어요? 지금 출근하세요?"

"오늘은 어제보다 출근이 빠르시네요."

도통 말이 없던 내가 먼저 인사를 건네자 이웃들도 달라졌다. 나를 아는 사람도 더러 있지만 대부분 모르는 편이었다.

"총각이 이 집 큰아들이야?"

"이 골목에서 오래 살았는데 이 집 큰아들 얼굴을 처음 보네."

"동생하고는 영 딴판으로 생겼다. 동생은 남자답게 생겼던데 형은 여자처럼 얼굴이 곱상해."

모두 내 인사를 기분 좋게 받아주었다.

"앞으로 아침마다 저를 볼 수 있을 것입니다. 오늘 하루도 즐겁게 보내십시오!"

어디에서 그런 용기가 나왔을까. 나는 내 안에 숨어 있던 자신감과 용기가 새롭기만 했다. 어느 정도 안면을 익힌 뒤 나는 골목을 지나가는 이웃들에게 전단지 한 장씩을 나눠 주었다.

"제 친구 녀석이 하는 일인데 도와주십시오. 아버지가 아프셔서 가장 역할을 해야 하는데 요즘 취직도 어렵잖아요. 종일 쉬지 않고 아르바이트를 해서 간신히 먹고 살고 있어요. 세차 끝내주게 잘하는 녀석이니까 실험 삼아 일을 맡겨 주십시오."

동네 공용 주차장에는 고급 승용차가 여러 대 주차해 있고, 대부분 우리 골목의 이웃들이 차주였다.

"건실한 청년들이네. 취직 어렵다고 캥거루족 노릇이나 하지 않고 뭐라도 하려고 드니 정말 듬직해."

"아침에 깨끗하게 닦인 차를 타고 출근하면 기분도 새로워지고 좋지."

며칠 뒤 병수가 우리 집을 찾아왔다.

"오늘은 알바가 일찍 끝났어. 오랜만에 너랑 게임하면서 몸 좀 풀려고 왔다."

병수는 약간 야위기는 했어도 퍽 건강해 보였다.

"요즘 부쩍 세차 일이 늘었어. 예전에는 한 시간도 안 걸리고 일이 끝났는데, 이제는 두 시간도 부족하다니까. 세차를 하면서 내가 이 일을 엄청 좋아한다는 걸 알았어. 나중에 돈 벌면 세차장을 차릴까 생각 중이다."

그렇게 병수에게 스펙 한 가지가 더 추가된 셈이었다.

"이른 아침부터 일하려면 힘들지 않냐?"

내가 물었다.

"새벽에 운동 겸 일을 하면 얼마나 기분이 좋은데. 운동도 되고 돈도 벌고, 정말 좋아."

병수는 들고 온 비닐봉지를 흔들어 보였다.

"오랜만에 떡볶이 실력 좀 발휘해라. 나는 네가 해 준 떡볶이가 정말 맛있더라."

봉지 안에는 떡볶이 재료가 들어 있었다.

"초대하지 않은 손님이지만 손님 대접은 해 주마."

나는 정성 들여 떡볶이를 만들었다. 우리 둘 다 떡볶이를 좋아하는데 병수는 특히 내가 만든 떡볶이를 좋아했다.

병수는 뜨거운 떡볶이를 호호 불면서 맛있게 먹었다.

"정말 맛있다. 어떻게 이런 맛을 내냐?"

"상황에 적응하는 능력이 유난히 뛰어난 사람이 있다더니 내가 그런가 봐. 학교 앞에서 파는 떡볶이를 먹으면서 어떻게 하면 더 맛있게 할 수 있을지를 금방 알았다는 것 아니냐."

나는 병수가 맛있게 먹는 모습을 보며 자랑스럽게 떠들었다.

"혹시 공무원 시험 실패해도 좌절하지 마라. 합격하면 엄청 고마운 일이지만 안 되면 분식집 하나 차려. 이 정도 실력이면 손님이 미어질 거다."

"그거 좋겠다. 이제 나한테도 희망 한 가지가 더 추가됐다."

우리는 떡볶이를 먹으면서도 희망과 꿈을 연결시킬 만큼 변해 있었다. 거창한 희망이나 꿈이 아니어도 괜찮았다. 허구한 날 빈둥거리며 놀던 우리가 희망을 이야기하고 꿈을 이야기한다는 것만으로 엄청난 변화였으니까.

부모님의 구두를 닦기 시작하고, 골목을 쓸기 시작하고, 공무원 시험 준비를 시작하고……. 그런 사소한 시작을 무시할 일이 아닌 것 같았다. 어쩌면 삶의 변화는 그런 작은 시작으로부터 비롯될 수도 있을 것이다.

"나가자. 오늘은 내가 호프 한 잔 사마."

병수가 먼저 몸을 일으켰다.

"돈 버는 친구가 있으니까 좋다. 호프도 얻어먹고."

나는 현관에서 운동화를 신으려다 병수 운동화를 봤다. 몹시 낡은 데다 흙이 잔뜩 묻어 있었다. 부모님의 구두처럼 닦는다고 해서 해결될 정도가 아니었다.

"우리 호프는 다음에 먹고 돼지갈비 먹자."

내가 말한 돼지갈비 전문 식당은 신발을 벗고 들어가야 하는 곳이었다.

"우리 나중에 이런 식당을 하면 어떨까? 너는 요리를 잘하니까 주방 일을 하고 나는 서빙을 도맡으면 되잖아. 숯불도 내가 책임질게. 자신 있거든."

"너는 식당 알바도 많이 했으니까 얼마든지 해낼 수 있을 거야."

"그러고 보면 세상에 할 일이 없다는 말은 순 거짓말이야. 맘만 먹으면 할 수 있는 일이 널렸잖아. 내가 뭔가를 꿈꿀 수 있다는 것만으로도 기분 좋지 않냐?"

우리는 식당에 앉자마자 그런 이야기를 주고받았다. 한 달 용돈을 오만 원밖에 안 썼다거나 인터넷 게임에서 최고 점수를 획득했다거나 잘 나가는 친구들을 험담한다거나, 그런 이야기는 한마디도 하지 않았다.

다른 날이면 서로 고기 한 점이라도 더 먹겠다고 아웅다웅했겠지만 오늘은 아니었다. 머잖아 펼쳐질 우리의 새로운 미래를 상상하며 갈비가 타는 줄도 몰랐다.

병수가 그동안 쌓은 스펙을 어떻게 활용해서 꿈을 찾을 것인지는 아직 모를 일이었다. 나 또한 공무원 시험에 합격할 수 있다는 보장이 없었다. 우리는 어쩌면 한동안 마땅한 일을 찾지 못한 채 헤맬지도 모른다. 하지만 분명한 것은 우리는 멈춰 서 있지 않을 거라는 사실이었다. 희망과 꿈이 얼마나 좋은가를 알았으니 그 무언가를 찾아낼 때까지 열심히 노력할 것이 분명했다.

고기를 다 먹은 뒤 계산을 끝낸 병수가 나를 불렀다.

"내 운동화 못 봤냐? 내 운동화가 안 보여. 누가 실수로 바꿔 신고 갔나 봐."

"다 떨어져서 너덜거리는 네 운동화를 바꿔 신고 갈 바보가 어딨어? 잘 찾아 봐."

신발장에는 낡은 병수 운동화가 사라지고 그 자리에는 새 운동화가 한 켤레 놓여 있었다.

나는 집을 나서기 전에 새 운동화 한 켤레를 백팩에 넣었다. 동생이 생일 선물로 사 준 운동화였다. 신고 있는 운동화가 아직 멀쩡해서 그냥 신발장에 넣어 둔 것이다.

남에게 신세지기 싫어하고 자존심 강한 병수한테 운동화를 줄 방법은 한 가지밖에 없어 보였다.

"그 사이에 왔다 간 손님도 없는데 어떻게 된 일이지?"

식당 주인까지 나서서 병수 운동화를 찾았지만 소용없었다.

"우선 이걸 신고 가요. 나중에 누가 찾으러 오면 전화할게요."

병수는 할 수 없이 새 운동화를 신고 식당을 나섰다.

"어떤 바보가 헌 운동화를 신고 갔을까? 비싼 것도 아니고 길거리에서 산 싸구려인데."

다행히 병수는 나를 조금도 의심하지 않았다.

"새 운동화 신고서 더 열심히 스펙 쌓으라고 하늘이 너한테 선물로 줬나 보다."

내 말에 병수는 고개를 갸우뚱했다.

"근데 되게 푹신푹신하다. 정말 비싼 신발인가 봐."

병수는 뛰어가면서 소리쳤다.

"새 운동화 신고 뛰니까 달리기도 빨라져!"

나는 뛰어가는 병수를 한동안 바라보았다. 그리고 생각했다. 우리는 아직 낡은 운동화를 신고 있는 것과 다를 바 없다. 하지만 언젠가는 저 앞을 달려가는 병수처럼 새 운동화를 신고 세상을 신명나게 뛰는 날이 분명히 있을 것이다.

"병수야, 우리 공원까지 뛸래? 그 운동화 신고 뛰면 팔팔 날 것 같지 않냐?"

"안 돼. 흙 묻히면 안 되잖아. 내일 주인이 운동화 찾으러 올 수도 있어."

"짜아식, 순진하기는."

나는 병수 어깨에 손을 얹었다. 병수가 나를 보고 빙그레 웃었다.

"네 말대로 뛸까? 나도 소화도 시킬 겸 한바탕 뛰고 싶던 중이었거든."

"좋았어! 달리는 거야!"

우리는 찬바람을 맞으며 앞을 향해 빠르게 뛰기 시작했다.

바람과 친구인 아이

"안녕!"

누군가 나를 향해 밝게 인사한다.

"누구야!"

나는 소리 나는 쪽을 향해 버럭 고함을 지른다. 화가 나서가 아니다. 정말 반가웠을 때 나오는 버릇이다.

목소리가 가냘파서 꼬마겠구나, 생각한 것도 있지만 오랜만에 들어보는 반가운 인사가 내 기분을 좋게 해 주었다. 분명히 누가 인사를 했는데, 사방을 둘러봤지만 아무도 없다. 나비, 벌, 꽃, 어떤 친구도 보이지 않는다.

"어떤 꼬마가 나한테 인사를 했을까?"

나는 어른보다 아이들이 좋다. 열다섯 살보다 열 살 아이가 더 좋고, 열 살 아이보다 일곱 살 아이가 더 좋고, 일곱 살 아이보다 네 살 꼬마가 더 좋다. 아이들은 간혹 말도 안 되는 일로 떼를 부리기도 하지만 그래 놓고는 겸연쩍어서 짓는 어설픈 미소가 좋다. 친구한테 화가 났어도 금방 잊어버리고 다시 사이좋게 노는 모습은 정말 귀엽다.

하늘을 올려다보니 해님도 구름 뒤에 숨어 얼굴을 내밀지 않고 있다. 감나무 위에서 참새들이 쩍쩍쩍 요란스럽게 떠들며 놀고 있을 뿐이다.

감나무에는 빨갛게 익은 감이 많이 달려 있다. 그런데 모양이 성한 감보다 상처 난 감이 더 많다. 참새들이 쪼아 먹어서이다.

"하나씩 쪼아 먹으면 오래 두고 먹을 수 있는데 왜 그랬어? 감을 모조리 쪼아 놓으면 썩어서 떨어질 수도 있잖아."

나는 점잖게 참새들을 나무란다. 그러거나 말거나 참새들은 뽀르르 뽀르르 이 나무 저 나무 옮겨 다니느라 정신이 없다. 참새들은 절대 한 마리만 움직이지 않는다. 약속이라도 한 것처럼 수십 마리가 한꺼번에 이리 날고 저리 날아다닌다. 저렇게 한시도 가만 있질 못하니까 저 많은 감을 모조리 쪼아먹고도 살이 안 찌는 거다.

놀아 줄 친구가 있어야 신나게 바람을 불어 날릴 텐데, 나는 놀이터 마당으로 옮겨 가 빈 그네를 흔들어 본다.

"삐거덕, 삐거덕……."

그네는 정말 재미없는 친구다. 애들이 찾아와 신나게 그네를 탈 때는 세상에서 제일 부지런하고 씩씩한데 아무도 없는 빈 놀이터를 지킬 때면 제일 게으름뱅이 같다. 내가 아무리 바람을 불어도 엉덩이를 살짝 씰룩거리고는 그만이다.

"너는 정말 게으름뱅이야. 게으름뱅이라는 소릴 안 들으려면 내가 조금만 밀어도 씽씽 흔들려야지!"

나는 괜히 그네 쇠줄을 툭 치고 다른 데로 날아간다. 미끄럼틀 앞에 누군가 서 있는 것 같다.

"윤기야!"

나는 반가워서 소리를 지른다. 그렇지만 금방 시무룩해지고 만다. 커다란 장난감 자동차가 놓여 있을 뿐이다.

저 자동차 주인이 누구인지 나는 잘 안다. 또래보다 키가 작지만 달리기를 잘하는 안나가 주인이다. 나는 안나가 귀엽다. 하지만 약간 얄미울 때도 있다.

안나는 윤기만 보면 괜히 심술을 부린다.

"돼지야!"

세상에나! 윤기가 통통하기는 해도 돼지라는 말을 들을 정도는 아니다. 안나는 윤기가 화난 표정을 지으면 더 놀린다. 윤기가 화가 나서 쫓아가면 신이 나서 재빨리 미끄럼틀 위로 달아난다. 그러니까 안나는 윤기와 놀고 싶어서 괜히 심술을 부리는 것이다.

그렇지만 윤기는 미끄럼틀 위에만 올라가면 내려올 생각을 안 한다. 꼼짝 않고 앉아 있다. 그건 윤기가 가장 잘하는 일이다.

윤기는 하늘을 좋아한다. 그래서 미끄럼틀에 올라가면 아주 오래 하늘을 구경하느라 내려올 생각을 않는 것이다.

"언제까지 그 위에 앉아 있을 거야?"

미끄럼틀 밑으로 내려 온 안나는 윤기를 올려다보며 묻는다.

윤기는 대답하지 않는다.

"거기에서 오백 년 동안 꼼짝 안 할 거야?"

안나는 얼마 전까지 100까지만 숫자를 셌는데 이제 500까지 셀 줄 안다.

"거기에서 오백 년 동안 앉아 있으면 넌 공룡이 될 거야. 너 공룡 되면 좋아?"

안나가 그렇게 말한 순간이었다. 윤기가 갑자기 울음을 터뜨렸다.

"으앙~"

울음소리가 어찌나 크던지 놀란 것은 안나와 나만이 아니었다. 그 앞을 지나가던 윤기 아빠도 깜짝 놀라 버럭 소리를 질렀다.

"사내자식이 미끄럼틀을 내려오는 게 무서워서 울어? 그게 울 일이 야?"

안나도 개미만 하게 중얼거렸다.

"공룡 되기 싫으면 내려오면 되는데……. 그게 울 일이야……."

나는 얼른 윤기 아빠 귀에 바짝 대고 소리친다.

"당연히 울 일이죠!"

나는 윤기가 왜 울었는지 잘 안다. 미끄럼틀을 내려오는 것이 무서워서는 절대 아니다. 안나가 500년 동안 그 자리에 있으면 공룡이 된다는 말을 한 순간 아빠 모습을 본 것이다. 윤기는 아빠를 세상에서 제일 좋아한다. 그런데 공룡이 되면 아빠를 볼 수 없을 것 같아 무서웠던 것이다.

그런데 오늘은 윤기가 집 밖으로 나오질 않는다.

"고양이들 밥 줄 시간이 훨씬 지났는데."

나는 땅바닥에 떨어진 빈 깡통을 떼구르르 굴리며 골목 끝에 있는 윤기 집 앞까지 달려간다. 길고양이 한 마리가 깡통을 붙잡으려고 헛발질을 하다 엉덩방아를 찧는다.

윤기가 미끄럼틀에서 울음을 터뜨린 날, 아빠는 몹시 화를 냈다.

"내년이면 학교에 다닐 녀석이 미끄럼틀 하나 못 타면 어쩌자는 거야?"

아빠가 윤기를 데리고 달리기를 시작한 것은 그다음 날부터였다.

"호랑이처럼 씩씩하고 용감해지면 친구들이 너를 엄청 좋아해 줄 거야. 아빠가 항상 같이 뛰어 줄 테니까 용기 내."

아빠는 처음에는 아주 부드러운 소리로 말했다. 하지만 아빠 목소리가 점점 높아졌다.

"아침에 일어나서 운동장 네 바퀴 돌고, 유치원 다녀와서는 태권도 도장에 다녀오고, 저녁때는 아빠하고 축구 경기를 하는 거야."

윤기는 점점 놀 시간이 줄어들었다. 웃음도 줄어들었다. 아침부터 달리기를 하고, 태권도 도장에 다녀오고 텔레비전 만화도 못 보고 축구를 하느라 울상이 될 때가 많아졌다.

"씩씩한 장군이 되려면 달리기도 잘하고 힘도 세야지!"

아빠는 얼굴이 벌게진 채 울음을 터뜨릴 것 같은 윤기를 향해 소리친다.

나도 참지 못하고 소리친다.

"아저씨 바보예요? 윤기는 장군을 싫어해요! 장군은 전쟁터에서 싸워야 하잖아요. 윤기는 싸우는 건 딱 질색이란 말예요!"

내가 아빠라면 절대 그런 식으로 윤기와 놀지 않을 거다.

나는 미끄럼틀을 타거나 자전거를 타거나 뱅뱅이를 타며 노는 것보다 더 잘하는 놀이가 있다. 연을 높이 높이 날 수 있게 하고, 종이 비행기는 멀리 날 수 있게 하고, 비눗방울은 아주 오래 떠 있게 할 수 있고, 풍선은 맘만 먹는다면 지구 끝까지 날릴 수 있다.

윤기는 연날리기를 좋아한다. 연 날릴 때의 윤기 표정은 천사를 닮았다. 연줄을 잡고 하늘을 올려다보는 윤기 얼굴이 꼭 해바라기 같다는 생각을 할 때도 있다. 나는 윤기와 놀 때마다 소원 한 가지를 떠올린다. 윤기를 연에 태우고 앞산은 물론이고 넓은 바다를 지나 세계 방방곡곡을 훨훨 날아보는 거다. 그러면 아이들이 함성을 지르며 쫓아오지 않을까?

"윤기야! 새들이 빠를까? 네 연이 더 빨라?"

"윤기야! 네 머리 위에 떠 있는 뭉게구름 만져 볼래? 어떤 느낌이 들어?"

그러면 착한 윤기는 친구들을 위해 구름을 한 아름 뜯어올지도 모른다.

윤기는 친구들에게 이야기 들려주기도 좋아한다. 동화책에서 읽은 이야기, 간밤에 꾸었던 꿈 이야기, 고양이 등을 타고 하늘을 날아간 이야기, 벌 나비가 장미꽃과 나눈 이야기, 엄마 아빠하고 우주선을 타고 우주여행 하는 이야기…….

나는 윤기 머리카락 위에 앉아서 이야기를 귀담아들을 때면 정말 기분이 좋다. 가끔씩은 나뭇가지에 걸터앉아 윤기가 들려주는 이야기를 듣다가 깜박 잠이 들기도 한다.

나는 한 군데 가만히 있질 못하는 성격이라 여기저기 돌아다니면서 참 많은 이야기를 주워듣는다. 그래서 해님, 달님, 구름, 새들보다 더 많은 이야기를 알고 있다. 하지만 윤기가 알고 있는 이야기만

큼은 아니다.

윤기는 어려서부터 몸이 약해 운동을 하며 놀기보다는 집 안에서 혼자 놀 때가 많았다. 당연히 또래 아이들보다 달리기도 못한다. 그렇지만 윤기만큼 마음이 따뜻한 애는 아마 없을 거다.

이 골목에서 윤기보다 더 일찍 일어나는 아이는 없다. 윤기는 아침마다 주머니에 뭔가를 빵빵하게 넣고 골목으로 나온다. 고양이 밥이다.

골목에는 길고양이가 여러 마리 산다. 길고양이들은 윤기가 온다는 것을 귀신보다 더 빠르게 알아내는 재주가 있나 보다. 윤기 모습은 보이지도 않는데 벌써 골목 여기저기에서 나타난다. 그리고 일 초, 이 초, 삼 초를 다 셀 무렵이면 윤기가 어김없이 나타난다.

얼마 전까지만 해도 이 골목에는 길고양이가 세 마리밖에 없었다. 그런데 소문이 났나, 언제부턴가 다섯 마리로 늘었다.

고양이들은 텃세가 심하다. 힘센 검은 고양이는 힘 약한 얼룩 고양이만 보면 이빨을 드러내고 끄르릉~ 등을 바짝 구부린다. 그러면 얼룩 고양이는 겁을 잔뜩 먹고 도망을 친다.

검은 고양이는 자기 힘만 믿고 엄청 못되게 군다. 윤기가 사료를 주면 다른 고양이들은 얼씬도 못 하게 끄르릉거리며 혼자 다 먹어 치운다. 그래서 다른 고양이들은 얼마 못 먹거나 굶을 때가 많다.

"사이좋게 나눠 먹어야 돼."

윤기는 다섯 개의 플라스틱 그릇을 마련했다. 맨 앞의 그릇은 힘 센 검은 고양이 거다. 그리고 맨 끝의 그릇은 힘 약한 얼룩 고양이 거다. 윤기는 맨 끝에 놓인 그릇 앞에 앉아서 얼룩 고양이가 다 먹 을 때까지 기다린다. 그래야 힘센 검은 고양이가 얼룩 고양이 사료 를 못 빼앗아 먹는다. 아마 힘 약한 얼룩 고양이를 위해 힘센 검은 고양이를 물리쳐 줄 줄 아는 아이는 윤기밖에 없을 거다.

그런데 오늘은 길고양이들이 쫄쫄 굶고 있다. 아직까지 윤기가 나오질 않으니 당연하다.

"윤기야, 빨리 나와. 왜 그렇게 굼벵이처럼 느려?"

낯익은 목소리가 들려온다. 윤기와 아빠가 대문을 나서고 있다. 그런데 윤기 눈이 토끼 눈처럼 빨갛다. 아침 운동하기 싫다고 했다 가 혼났나 보다.

"눈물 닦아! 남자 자식이 눈물이 그렇게 흔해서 어떻게 해!"

아빠 목소리가 싸우는 고양이 소리를 닮았다.

나는 얼른 다가가 윤기 머리를 쓰다듬어 준다.

"이를 어째. 네가 풍선이면 좋겠다. 뛰지 말고 둥실둥실 날아갈 수 있다면 얼마나 좋을까. 그건 내가 충분히 해 줄 수 있는데……."

아빠가 다시 소리친다.

"눈물 닦으라고 했잖아!"

아빠는 그 말을 다섯 번도 더 한다. 사실 윤기는 일 초 전에 눈물을 닦았다. 날씨가 추워서 코를 훌쩍이는데 아빠는 윤기가 운다고 생각하나 보다.

"눈물 닦아!"

아빠가 소리칠 때마다 윤기는 손등으로 눈을 쓱 닦는다. 눈물이 안 나왔는데도 얼른 손등으로 닦는다. 저러다 윤기 눈이 사라지고 말겠다. 나는 참다못해 소리친다.

"그러다 윤기 눈이 싹 없어지겠단 말예요! 아저씨는 윤기 눈이 홀랑 사라져도 눈물 닦으라고 소리칠 거예요?"

나는 아빠 귀에 대고 최대한 크게 고함을 지른다. 내 고함이 너무 컸나? 아빠는 손바닥으로 두 귀를 막는다.

"오늘은 귀가 시리네."

그러면서 허리를 굽히고 윤기 잠바를 단단히 여며 준다.

오늘은 크리스마스다. 나는 유치원까지 윤기를 따라갔다. 아이들이 한 교실에 모여 와글와글 떠들고 있다. 모두 기분이 좋아 보인다. 크리스마스 선물을 받는 날이라서 그렇다.

안나는 윤기 옆에 꼭 붙어 있다. 윤기가 선생님 옆으로 가면 졸졸 따라가고, 윤기가 물을 먹으러 가면 덩달아 물을 먹는다. 다른 여자애가 윤기 옆에 앉으려고 하면 절대 가만두지 않는다. 여자애를 몸으로 밀어서 윤기 옆자리를 차지해 버린다.

"여러분~ 여러분은 산타 할아버지가 안 무섭죠?"

키 큰 단발머리 선생님이 아이들에게 묻는다.

"네!"

나는 아이들보다 더 우렁차게 외친다.

"선생님은 산타 할아버지가 무서워요. 그래서 숨어 있을 거예요. 할아버지 오시면 선물 받고 어떻게 해야 하죠?"

"메리 크리스마스~"

아이들이 합창하듯 소리친다.

단발머리 선생님은 재빨리 교실을 나선다. 그리고 교무실로 들어가 빨간 모자를 쓰고 하얀 수염을 달고 빨간 옷을 입는다. 그리고 커다란 선물 보따리를 어깨에 둘러멘다. 나는 선생님보다 더 빠르게 교실 쪽으로 달려가 유리창에 매달린다.

"으하하~ 단발머리 선생님이 산타 할아버지야! 저 봐, 선물 꾸러미 메고 들어오는 산타 할아버지 키가 선생님 키랑 똑같잖아. 안경도 똑같고 코도 자세히 봐. 똑같지?"

내가 아무리 소리쳐도 아이들 눈에는 산타 할아버지밖에 안 보인다. 큰 키도 안 보이고 동그란 안경도 안 보이고 코에 박힌 작은 점도 안 보인다. 산타 할아버지만 보인다.

선물을 받은 아이들이 명랑하게 소리친다.

"메리 크리스마스!"

이제 윤기가 선물을 받을 차례다.

"윤기 소원이 뭐예요?"

윤기는 방방 뛰면서 소리친다.

"연을 아주 많이 날리는 거요!"

"윤기 소원이 꼭 이뤄질 수 있을 거예요."

선생님은 윤기에게 연 하나를 선물로 준다. 꼬리가 아주 긴 가오리연이다.

"윤기야, 네 연 나도 날리게 해 줘."

"좀 있다 운동장에서 연 날릴 때 나도 끼워 줘?"

친구들은 윤기 선물을 부러워한다. 아이들은 선물을 살피느라 산타 할아버지가 사라진 줄도 모른다. 조금 있다 단발머리 선생님이 헐레벌떡 교실로 들어온다.

"여러분, 산타 할아버지 안 무서웠어요? 나는 무서워서 꼭꼭 숨어 있었어요."

선생님 말에 아이들은 앞다투어 소리친다.

"하나도 안 무서워요. 산타 할아버지가 선생님처럼 키도 크고 안경도 썼어요. 근데 여자 목소리예요!"

선생님들이 덩달아 웃음을 터뜨린다. 나도 웃음을 터뜨린다.

그런데 오후에 사고가 터졌다.

윤기가 놀이터에서 안나를 미끄럼틀 위에서 민 것이다. 왜 밀었는지는 잘 모르겠다. 내가 자전거를 타고 달리는 두리를 따라 공원 한 바퀴를 돌고 온 틈에 일어난 일이다.

안나가 엄마한테 울면서 말하기로는 "내가 미끄럼틀 위에 가만히 앉아 있었는데 윤기가 뒤에서 확 밀었어."

윤기는 아무 말도 않고 씩씩거리면서 안나를 노려보았다.

"가만있는데 밀어 버릴 윤기가 아닌데……."

나는 혼자 갸우뚱한다. 당연히 미끄럼틀 위에서 가만히 앉아 있을 안나도 아니다. 아마도 윤기가 미끄럼틀 위에서 꼼짝 않고 앉아 있으니까 안나가 먼저 심술을 부렸을 것이다.

나는 놀이터를 나와 공원 쪽으로 걸어가는 윤기를 졸졸 따라간다. 강아지 한 마리도 나처럼 윤기 뒤를 따라간다.

"끼이잉."

강아지가 윤기 발밑에서 낑낑거렸다. 주인을 잃어버린 모양이다.

"저리 꺼져! 귀찮게 쫓아다니면 죽을 줄 알아!"

나는 강아지를 향해 돌멩이를 던지는 윤기를 보면서 우뚝 멈춰 버린다. 윤기가 저렇게 화를 내는 모습은 처음 본다. 다른 때 같았으면 강아지를 절대 혼내지 않았을 거다.

"엄마 잃어버렸어? 어디 멀리 가지 말고 여기 있어. 그러면 엄마가 찾으러 올 거야."

그러면서 강아지 곁을 지켰을 것이다.

하긴 요즘 윤기가 이상해졌다. 엊그제는 별일도 아닌데 대희한테 주먹까지 날렸다. 아이들은 시체 놀이를 좋아한다. 시체가 된 아이는 뒹굴뒹굴 굴러다닐 수는 있어도 일어나면 안 된다. 하지만 시체가 된 아이는 절대 오래 못 누워 있다. 아이들이 우는 척하며 무얼 하는지 궁금해서 벌떡 일어나 참견을 한다.

아이들은 서로 시체가 되겠다고 우긴다. 그런데 그 날 윤기는 한 번도 시체가 되지 못했다.

"나도 시체 하고 싶단 말이야!"

윤기는 짜증을 내며 시체로 누워 있던 대희한테 소꿉놀이 밥상을 던져 버렸다. 그런데 밥상을 던지다 실수로 대희 얼굴을 주먹으로 때리고 말았다. 울보 대희는 입을 크게 벌리고 울음보를 터뜨렸다.

그것만이 아니다. 태권도 학원에 가기 싫으면 공원에서 놀다가 집에 돌아와 거짓말을 하기도 한다.

이제 윤기는 친구들에게 재미있는 이야기도 들려주지 않는다. 윤기가 갖고 놀던 연도 언제부턴가 나뭇가지에 매달려 윙윙 우는소리만 내고 있다. 저대로 그냥 두면 새싹이 돋는 봄에까지 매달려 있을

우리는 하기 싫은 수많은 일을 하느라 정말 내가 하고 싶어 하는 그 일을 할 시간과

능력이 다 닳고 있는 것은 아닌가 생각해 봐야 합니다.

그런 생각을 하려면 달리기를 멈추고 한 자리에 멈춰서 골똘하게 생각에 잠겨야

가능합니다.

그래서 봄·여름·가을·겨울, 사계절이 하는 말을

귀담아들을 줄도 알아야 합니다.

그러면 삶의 방향을 어떻게 잡아야 하는지를

조금 더 빨리 알 수 있을 것입니다.

거다.

나는 연을 향해 최대한 크게 바람을 일으킨다.

"슈우웅~"

연을 내려주면 윤기가 엄청 좋아할 텐데, 아무리 해도 연은 꼼짝
도 안 한다. 윤기가 응원해 주면 이깟 연 하나쯤 내리기는 일도 아
닌데…….

일찍 집으로 돌아온 아빠는 윤기를 데리고 운동장으로 향했다.

"오늘은 아빠랑 운동장 네 바퀴만 돌자. 좋지?"

나는 그렇게 말하는 아빠를 정말 이해 못 하겠다.

"좋을 리가 있겠어요? 좋은 게 뭔데요? 하기 싫은 걸 억지로 하는
게 좋은 거예요?"

나는 화가 나서 아빠 머리카락만 마구 헝클어 놓는다.

아빠는 주머니에서 모자를 꺼내 푹 눌러쓴다. 윤기한테도 털모자
를 씌워 준다.

아빠는 해바라기처럼 활짝 웃는 윤기 얼굴이 얼마나 사랑스러운
지 모를까? 연을 날리면서 하늘을 향해 활짝 웃는 윤기 얼굴을 한
번만 봤어도 하기 싫은 달리기를 시키면서 좋지? 그런 바보 같은

소리는 안 할 텐데.

"사내 녀석이 약한 모습을 보이면 돼? 안 돼?"

아빠 목소리가 아주 크다. 나는 입김을 아주 세게 불어서 아빠 목소리가 학교 운동장 밖에까지 퍼져 나가게 해 버린다. 저 소리를 동네 사람이 다 들으면 무지 창피하겠지?

윤기는 헉헉거리며 아빠를 따라 달린다. 힘이 드니까 조금 달리다가 쉬고, 조금 달리다가 또 쉬고…….

윤기 눈에 눈물이 맺혔다. 오늘은 정말 달리기 싫은가 보다.

나는 윤기 곁에 바짝 붙어서 속삭인다.

"울지 마, 윤기야. 아빠가 또 눈물 닦아! 소리치면 어떻게 해. 나는 네가 눈물을 너무 닦아서 눈이 정말 사라질까 봐 엄청 걱정스럽단 말이야."

윤기는 얼른 눈가를 훔친다. 내 말을 알아들었나 보다.

아빠를 따라 달리는 윤기 숨소리가 거칠다. 발걸음도 점점 더 무거워진다.

"우리 아들이 얼마나 용감해졌는지 몰라. 살도 많이 빠지고, 축구 실력도 늘고 달리기도 빨라지고. 학교 들어가면 우리 윤기가 뭐든 일등 할 거야. 호랑이처럼 용감해지면 아무도 너를 깔보지 못해.”

일등이 왜 좋은지, 나는 모르겠다. 웃지도 않는 일등 윤기보다 활짝 웃는 꼴등 윤기가 훨씬 좋을 것 같다.

“역시 노력해서 안 되는 일은 없어. 공부도 이렇게 열심히 해야 돼. 알았지?”

윤기는 머리를 쓰다듬어 주는 아빠를 보며 희미하게 웃는다. 아빠 칭찬에 기분이 좀 풀어진 모양이다.

“오늘은 한 바퀴만 뛰면 안 돼요?”

윤기가 용기 내어 말한다. 아빠 표정이 금방 굳어진다.

“안 돼!”

내가 더 안절부절못하겠다. 나는 졸졸 따라가면서 아빠를 조곤조곤 타이른다.

“아저씨는 윤기가 뭘 좋아하는지 아세요? 바로 연날리기예요. 그리고 미끄럼틀 위에 앉아 있는 것도 좋아하고요. 아저씨도 윤기랑 미끄럼틀에 올라가 보세요. 그럼 하늘이 얼마나 넓은지 알 수 있단 말예요.”

아빠가 윤기처럼 내 말을 알아들었으면 좋겠다. 그러면 당장 달리기를 멈추고 윤기와 힘을 합쳐 나뭇가지에 걸린 연을 내릴 거다.

하지만 아빠는 내 말을 전혀 알아듣지 못한다. 딴소리만 한다.

"오늘은 바람도 안 불고 적당히 따뜻해서 운동하기에는 딱 좋은 날이다."

그 말이 나를 화나게 한다. 내가 윤기 감기 들까 봐 차가운 바람을 안 불려고 얼마나 애쓰는 중인데! 정말 어른들은 뭐든 편한 대로만 생각하는 것이 문제다. 나는 화를 꾹 누르고 아저씨 팔에 매달려 꼬마처럼 잉잉거려 본다.

"아저씨이~ 제발 그만 해요. 예? 윤기가 달리기 싫다잖아요."

또 못 알아듣나 보다. 뚱딴지 같은 소리만 한다.

"윤기야! 아빠한테 혼나야 빨리 뛸 거야?"

내 말을 정말 못 듣는 건지 듣고도 못 듣는 척하는 건지 모를 일이다. 나도 포기하지 않는다.

"다른 집 아이들한테는 절대 안 그러면서 왜 윤기한테만 맨날 뛰라고 해요? 왜 윤기만 들들 볶고 야단치고 혼내냐구요. 윤기는 아저씨 아들이잖아요."

"다른 사람이 아저씨한테 연도 못 날리게 하고 뛰기만 하라고 하면 기분 좋겠어요?"

"윤기 혼자 호랑이가 되면 뭐가 좋아요? 사람들은 호랑이를 싫어하니까 윤기가 호랑이가 되면 혼자 놀아야 되잖아요."

"아저씨는 윤기더러 공부 열심히 하라고 하는데 근데 알아요? 윤기가 지금도 얼마나 공부를 열심히 하는데요."

그러니까 아저씨는 바보예요! 하고 외치려다 참는다.

대부분의 어른들은 내 말을 잘 못 알아듣는 것 같다. 마음속에 천사가 살지 않아서일 거다. 마음속에 천사가 살고 있는지 아닌지를 알 수 있는 방법은 아주 간단하다.

장미꽃이 벌 나비와 주고받는 이야기를 들을 줄 안다거나 햄스터가 방귀를 뀌고 싶으면 왜 창문을 탈출하려고 하는지를 안다거나 고양이들이 어떤 음악이 나올 때 엉덩이를 씰룩이는지를 안다거나 해가 사라진 날 그림자들이 슬그머니 사라져서 어디를 가는지를 안다거나…….

말귀도 잘 못 알아듣는 어른을 상대로 사정하거나 잔소리하는 건 정말 재미없는 일이다.

"정말 심심해. 도대체 그 많던 고양이까지 다 어디로 간 거야?"

나는 운동기구가 있는 쪽으로 날아간다. 방금 전 진짜 재미있는 아저씨를 발견해서다. 아저씨는 한 손에 검정 잠바를 들고, 한 손에는 모자를 든 채 운동기구를 위아래로 아주 빠르게 움직인다. 나는 세게 바람을 일으켜서 아저씨 손에 들린 잠바가 힘차게 휘날리게 한다. 아저씨 팔다리가 어찌나 빨리 오르내리는지 손에 든 잠바가 펄럭펄럭~ 깃발처럼 나부낀다. 나뭇가지에 앉아 내려다보니 꼭 큰 독수리 한 마리가 날아가려고 발돋움하는 것 같다.

"으하하하~ 아저씨도 오백 년만 그렇게 날갯짓을 연습하면 독수리 될 수 있어요. 용기 내세요!"

나는 아저씨를 큰 소리로 응원한다.

아직도 윤기는 운동장을 돌고 있다.

나는 땅바닥에 떨어진 종이 부스러기를 훅 불어 날린다. 징징 울어대는 연도 세게 후려친다.

"그만 좀 징징거려! 시끄럽잖아!"

윤기가 내 소리를 알아들었나 보다. 달리다 말고 우뚝 걸음을 멈추고 사방을 두리번거린다.

"빨리 안 뛰고 뭐해?"

아빠는 윤기를 향해 또 소리친다.

윤기는 세 바퀴째 운동장을 돌고 있다. 이마에서는 땀이 비 오듯 쏟아진다. 이제 한 바퀴만 돌면 된다. 윤기는 가쁜 숨을 몰아쉬며 교문으로 연결된 언덕을 오른다.

그때였다. 윤기가 시멘트 바닥에 팍 엎어지고 말았다. 너무 힘이 들어 눈을 감고 뛰다가 넘어진 것이다.

"으앙!"

무릎이 심하게 다쳐서 빨간 피가 나오고 손바닥도 긁혔다. 나는 얼른 윤기 무릎과 손바닥을 호호 불어 준다. 정말 아플 것 같다. 하지만 윤기가 우는 것은 아파서만은 아니라는 걸 나는 잘 알고 있다. 화가 나서, 아니 슬퍼서다. 정말 윤기 혼자 호랑이가 되어 버리면 화나고 슬퍼서 이렇게 엉엉 울 것 같다.

한 번 터진 울음은 좀처럼 그치지 않는다. 눈에서는 구슬 같은 눈물이 뚝뚝 떨어진다.

"윤기야, 넘어질 것 같으면 얼른 일어나야지. 그대로 엎어지면 어떡해. 얼른 일어났으면 무릎도 안 다쳤잖아."

깜짝 놀라 달려온 아빠가 윤기를 달랜다.

"윤기는 나비가 아닌데 어떻게 날아요?"

나는 윤기 대신 아빠한테 따져 물었다. 그런데 놀라운 일이 일어났다. 윤기가 울음을 뚝 그치고 아빠를 보았다.

"아빠, 나는 나비가 아닌데 어떻게 날아요? 나는 나비가 아니라서 넘어져도 날 수가 없단 말예요."

윤기는 눈물이 그렁그렁한 눈으로 아빠를 보았다.

"이런······."

아빠가 놀란 표정을 짓더니 가만히 윤기를 바라보았다. 그러면서 두 손으로 눈물을 닦아준다.

"그래, 우리 윤기는 나비가 아니라서 날 수가 없지. 그동안 많이 힘들었구나. 앞으로는 아침에만 아빠하고 운동을 하고 다른 때는 윤기가 하고 싶을 때 하자."

윤기는 울음을 그치고 환한 표정을 지었다.

"진짜죠? 고맙습니다, 아빠!"

윤기는 좋아서 환호성을 질렀다. 나도 기뻐서 휘리릭 회오리 춤을 추었다. 아빠가 마음을 바꿔서만은 아니다. 윤기가 또렷하게 내 말을 알아들어서 기뻤다. 당연한 일이기는 하다. 윤기 마음속에는 아직 천사가 살고 있으니까.

"하긴 혼자서 호랑이처럼 자라면 무슨 소용이 있겠냐. 너만 할 때는 노는 것도 공부인데 아빠가 너무 욕심을 부렸구나."

나는 깜짝 놀랐다. 아빠 마음속에도 천사가 아직 살고 있나 보다. 그러니까 내가 아까 한 말을 알아들은 것이 분명했다.

나는 팔을 크게 펴고 두 사람을 안아 주었다.

"아빠 품이 참 따뜻해요."

윤기가 방긋 웃으며 말했다.

"네 품도 참 따뜻해."

아빠도 마주보며 웃었다.

"자, 아빠랑 손잡고 집에까지 뛰어갈까? 그건 괜찮지?"

"네!"

윤기 목소리가 오랜만에 밝다. 환하게 웃는 표정은 더 밝다.

그때 나는 뭔가 내 옆으로 날아가는 것을 보았다. 얼른 고개를 돌려 바라보니 아, 흰나비 한 마리가 나풀나풀 날아가는 것이 아닌가. 겨울에 무슨 나비냐고? 그건 모르는 말이다. 마음속의 천사와 이야기를 나눌 줄 안다면 한겨울에도 얼마든지 나비를 만날 수 있다.

"안녕!"

나비가 반갑게 인사를 한다.

그때서야 나는 눈치챘다. 얼마 전에 나에게 안녕! 하고 반갑게 인사를 보내왔던 목소리가 바로 저 흰나비였다는 것을.

그리고 윤기의 마음속에서 늘 날갯짓을 하는 나비 한 마리가 저렇듯 훨훨 날아가고 있다는 것을 그때서야 눈치챈 것이다.

네 번째 이야기
어머니의 조각보

어머니의 희수(77번째의 생일)가 다가오고 있었다.

"당연히 잔치를 열어야지요."

"분명히 어머니가 마다하실 테지만 몰래 잔치를 해요."

"우리 가족 모두 여행을 떠나는 것이 어떨까요?"

형제들은 어머니의 일흔일곱 번째 생신을 어떻게 하면 좋을지에 대해 많은 의견을 내놓았다.

제일 맏형인 김 교수는 말없이 동생들의 말을 귀담아들었다. 동생들 말대로 잔치를 열어 어머니 희수를 축하하는 것도 좋은 방법이고, 가족 여행을 떠나는 것도 좋은 방법이다.

그렇지만 김 교수는 어머니 성격을 잘 알고 있었다.

"생일잔치는 절대 안 되네. 가족끼리 모여 아침 먹는 것 정도로 끝내시게."

"자네 아버님이 아직껏 살아계신다면 나란히 앉아 생일잔치를 즐기겠지만 일찌감치 저세상으로 떠난 양반한테 미안하고 송구스러운 마음을 어찌하라고 나더러 잔칫상을 받으란 말인가."

어머니는 분명히 그렇게 말씀하실 것이다. 아버지가 먼저 세상을 떠나신 뒤, 가족끼리 모여 생일 축하를 해 드리는 것도 불편해하던 분이셨다.

"큰형님이 어머니를 설득해 보세요. 어머니는 형님 말씀은 잘 들으시잖아요."

"그래요. 옛날에는 살림도 어렵고 혼자 몸으로 자식들 키우느라 변변한 잔칫상 한 번 못 받으셨지만 이제는 상황이 좋아졌잖아요."

"어머니 건강도 예전만 못하세요. 조금이라도 거동이 좋으실 때 잔치를 해야 하니까 형님이 꼭 어머니를 설득하세요."

김 교수가 입을 열었다.

"나는 생각이 다르네. 나는 어머니 희수연을 겸해서 조각보 전시회를 해 드리고 싶은데 동생들 생각은 어떤가?"

김 교수 말에 동생들 얼굴이 환해졌다.

"그것 참 좋은 생각이네요, 형님. 어머니가 그동안 만들어 놓은 조각보를 모아서 전시회를 연다면 많은 사람이 찾아와서 축하해 줄 거예요."

"정말 멋진 생각인데요."

동생들도 조각보 전시회를 찬성했다.

일찍 혼자 몸이 된 어머니는 넷이나 되는 아들을 키우고 가르치기 위해 몸을 아끼지 않았다.

어머니는 자식들에게 야단 한 번 치지 않았다. 항상 자식들의 뜻을 존중해 주었고, 자식이 판단한 것은 늘 믿고 따라 주었다. 반말도 하지 않았다.

그런 어머니 보살핌 속에서 사형제는 잘 자라 이제는 안정된 직장을 갖고 잘 살고 있었다.

그런데 5년 전에 뜻하지 않은 일이 생겼다. 갑자기 어머니 건강이 나빠지기 시작한 것이다. 가장 큰 병은 골다공증이었다.

"그동안 몸을 많이 놀렸으니 그만 쉬라고 하늘이 상을 준 것이니 너무 마음 아파할 것 없네."

"내 소원이 뭐였는지 아는가? 이렇게 꼼짝 않고 먹고 놀고 자고 하면서 사는 것이었네. 늘그막에 소원을 풀었으니 얼마나 고마운 일인가."

어머니는 자식들이 행여 마음 아파할까 봐 그렇게 말하고는 했다. 그러나 천성인 부지런함은 예전과 조금도 다를 바가 없었다. 어머니는 움직이지 않아도 될 소일거리를 찾아냈다.

워낙 솜씨가 좋은 분이었다. 어머니는 천을 오리고 붙여서 밥상보 등 조각보를 만들기 시작했다.

조각보는 전통시대 여인들이 실용성과 여가생활을 겸해 만들던 것인데 화려하진 않아도 한국 여인의 탁월한 미적 감각을 잘 보여주는 생활 예술품이었다.

일흔이 넘어 조각보에 손대기 시작한 어머니는 200여 개가 넘는 조각보를 만들었다.

어머니가 만든 조각보는 다른 조각보와 사뭇 달랐다. 어렵사리 구한 전통 천으로만 만들기도 했지만 쪽빛과 연분홍, 감색 등 친근한 빛깔에 네모, 세모 같은 단순한 무늬가 아름답게 조화를 이루었

누구나 마음속에는 자랑스러운 것이 한 가지씩 있게 마련입니다.

그러나 나이 들고 힘없는 부모님을 자랑스러워하는 자식은 그다지 많지 않습니다.

다행스러운 것은 부모님의 사랑을 보고 배운 사람이

세상을 훨씬 더 따뜻하게 보고 많은 것을 사랑할 줄 안다는 사실입니다.

다. 어머니는 그렇게 만든 조각보를 누군가의 결혼 선물이나 생일 선물로 주고는 했다. 가끔 인사차 찾아오는 자식 친구들에게도 한 점씩 내주었다.

"세상에나! 이렇게 예쁜 조각보는 처음 봐요."

"어머니가 조각보 명인으로 뽑혀도 손색이 없겠어요."

모두 어머니가 만든 조각보를 좋아했다.

김 교수는 그런 어머니가 자랑스러웠다. 그러나 김 교수로부터 희수연 겸 전시회를 열겠다는 말을 들은 어머니는 말이 다 끝나기도 전에 고개부터 저었다.

"자네 생각은 잘 알겠지만 나는 싫으네. 모두 우리 가족을 잘 아는 사람들이 전시회를 찾을 텐데 축의금이라도 내놓아야 된다고 생각할 것 아닌가."

"찾아오신 분들에게 축의금은 절대 안 받겠다고 미리 말씀드리겠습니다."

"그렇게 뛰어난 솜씨를 지닌 것도 아닌데 전시회까지 열다니, 나를 부끄럽게 만드는 일이네."

"그동안 어머니 생신을 제대로 못 챙겼어요. 그러니까 이번 한 번은 어머니가 양보해 주시지요."

"자네도 내 뜻을 존중해 주었으면 좋겠네."

어머니는 뜻을 굽히지 않았다.

"어머니 고집을 누가 꺾어."

"할 수 없네요. 가족끼리 아침을 먹는 것으로 만족해야겠어요."

"어머니는 왜 자식들 마음을 몰라 주시는지 모르겠어."

동생들은 어머니의 조각보 전시회를 열 수 없게 된 것을 못내 아쉬워했다.

며칠 동안 생각에 잠겨 있던 김 교수는 좋은 생각 한 가지를 해 냈다. 바로 어머니가 만든 조각보를 엽서로 만들어 아는 사람들에게 보내기로 했다.

그 말을 들은 동생들은 무릎을 치며 찬성했다.

"왜 우리는 그 생각을 못했을까? 정말 좋은 생각이에요. 조각보를 촬영하는 것은 제가 맡을게요."

"엽서를 어떻게 꾸밀지는 제가 맡죠."

"형님은 어머니가 만든 조각보 중에서 어떤 것을 엽서로 만들면 좋을지 정해 주세요."

"그런데 제목을 뭐라고 붙이지요?"

"어머니의 조각보가 어때요?"

"아주 좋은데. 어머니의 조각보를 제목으로 하자고."

며칠 뒤 '어머니의 조각보'란 제목이 붙은 엽서첩이 완성되었다.

김 교수는 엽서첩 안에 인사말을 적었다.

'올해로 어머니 전주 이씨 점(点)자 남(南)자가 희수를 맞았습니다. 현재 노환으로 운신에 어려움이 있어 여기 어머니 손길이 닿은 일곱 점 조각보 사진첩으로 77세 생신 축하를 대신할까 합니다.'

김 교수는 500부의 엽서첩 속에 한 자 한 자 정성을 다해 글을 적었다.

"어머니께서 고집을 피우시는 바람에 제가 힘들게 편지를 써야 되지 않습니까. 조각보 전시회를 허락하셨으면 이렇게 힘들여 편지를 쓸 필요가 없었을 거예요."

김 교수는 어머니 앞에서 웃으며 말했다.

"자네 효심이 깊어 그런 것을 어쩌겠는가."

"어머니가 만든 조각보를 많은 사람이 볼 수 있게 돼서 정말 기쁩니다."

"앞으로 또 조각보 사진첩을 엽서로 만들 건가?"

"당연하지요. 사라져가는 우리 것의 소중함을 널리 알리는 뜻도 있으니까요."

"이런, 더 열심히 솜씨를 가꿔야 되겠구먼. 이런 하찮은 솜씨로 엽서첩을 만들게 해서는 안 될 것 아닌가."

어머니는 김 교수 손을 잡으며 환하게 웃었다. 그렇게 웃는 어머니 얼굴이 깨끗한 백합을 닮아 있었다.

200개의 네 잎 클로버

"하늘 한번 곱다!"

나는 허리를 펴고 하늘을 올려다보며 혼자 중얼거린다. 어제는 하루 종일 찡그린 얼굴이더니 오늘은 언제 그랬냐 싶게 맑은 모습이다. 마치 하늘이 내게 "이래도 안 예뻐?" 하고 묻는 듯하다.

나는 손으로 햇살을 가리며 하늘을 향해 밝게 웃어 주었다.

나는 작은 상자 안을 들여다보았다. 상자 안에는 파랗고 작은 네 잎 클로버 세 개가 들어 있었다. 열 시부터 한 시간 넘게 풀숲을 살폈지만 고작 세 개의 네 잎 클로버를 찾아냈을 뿐이다. 엊그제 내린 비에 더 파래진 풀 더미 속에서 네 잎 클로버를 찾기란 쉬운 일이 아니었다. 계속 풀을 들여다볼라치면 눈이 아른거리고 나중에는 온통 파란색만 보일 뿐이다.

"클로버 할머니, 오늘도 일 나오셨어요?"

경비원 김 씨가 나를 보더니 꾸벅 인사를 했다. 아파트에서 나는 클로버 할머니로 통한다. 틈만 나면 풀숲을 뒤지며 네 잎 클로버를 찾는 나를 보고 지어 준 이름이었다.

"예, 일 나왔어요."

나는 일 나왔느냐는 김 씨 말에 그렇게 대답했다. 그 말이 듣기 좋아서다.

"근데 저한테만 살짝 비밀을 공개하시면 안 돼요?"

김 씨가 다가와 풀숲을 뒤지며 물었다. 왜 거의 매일 풀숲을 뒤지며 네 잎 클로버를 찾느냐는 질문이었다.

"큰 비밀은 말하는 것이 아니라네요. 하늘하고 나하고만 알아야 된대요."

내가 웃으면서 말하자 김 씨는 아 네, 하면서 고개를 끄덕인다.

"엄마, 저 할머니 오늘도 뭐 찾고 있어. 뭐 찾는 거야?"

뒤쪽에서 또랑또랑한 꼬마 목소리가 들려왔다. 고개를 돌려 소리

나는 쪽을 바라보니 여섯 살쯤 되어 보이는 꼬마와 젊은 여자가 유심히 나를 보고 있다.

"세상에서 제일 소중한 것을 찾는단다."

나는 꼬마에게 좀 전에 찾아낸 네 잎 클로버를 보여 주었다.

"항상 풀 속에서 뭔가를 찾으시길래 궁금했었어요. 네 잎 클로버를 언제부터 찾으셨어요?"

젊은 여자가 상자 안을 들여다보며 물었다.

언제부터 찾았던가? 아마 기억이 정확하다면 열 살 그 무렵부터일 것이다. 나보다 두 살 많은 작은오빠는 유난히 눈썰미가 좋았다. 특히 네 잎 클로버를 참 잘 찾아냈다.

"오빠는 왜 그렇게 네 잎 클로버를 잘 찾아?"

내가 물으면 오빠 대답은 한결같았다.

"소중한 사람에게 행운을 선물로 주고 싶다는 생각을 하면서 찾으면 쉽게 보여."

그렇지만 나는 아무리 기를 쓰고 풀숲을 뒤져도 네 잎 클로버를 찾기 힘들었다.

"오빠가 내 뒤에서 찾아. 오빠가 내 앞에서 찾으니까 나는 한 개도 못 찾잖아."

"그렇게 해라."

오빠는 순순히 뒤로 물러났지만 결과는 마찬가지였다. 허리 아프
도록 돌아다녀도 네 잎 클로버는 일부러 도망이라도 치는 것처럼
발견하기 힘들었다.

오빠는 공부도 잘하고 운동도 잘했다. 못 하는 것이 없었다. 반대
로 나는 몸도 약하고 공부도 썩 잘하는 편이 못 되었다. 나는 오빠
가 네 잎 클로버를 잘 찾으니까 뭐든 잘하고 반대로 나는 잘 못 찾
아내니까 잘하는 것이 없다고 여겼다.

"오빠, 네 잎 클로버를 못 찾으면 행운이 안 와?"

나는 그것이 가장 큰 걱정이었다.

오빠는 찾아낸 네 잎 클로버를 두꺼운 책갈피에 꽂아서 곱게 말
린 뒤에 누군가에게 선물하고는 했다. 생일을 맞은 친구, 결혼하는
친척, 멀리 여행을 떠나는 가족, 아팠다가 건강을 되찾은 이웃, 1년
동안 공부를 가르쳐 준 선생님…….

"행운이 무진장 많이 들어올 것 같네."

오빠의 네 잎 클로버를 받은 사람은 한결같이 기뻐했다.

오빠는 남을 위해 네 잎 클로버를 찾았지만 나는 아니었다. 나를 위해서 찾고 싶었다. 그래서 오빠처럼 공부도 잘하고 몸도 건강하고, 칭찬받는 사람이 되고 싶었다.

그렇다고 네 잎 클로버를 한 번도 못 찾았던 것은 아니다. 간혹 기적처럼 네 잎 클로버를 찾기도 했다. 그렇지만 온전한 모습을 지닌 것은 하나도 없었다. 잎이 찢어졌거나 모양이 일그러진 경우가 많았다.

그래서였을까. 크고 작은 힘든 일을 만날 때마다 나는 작은오빠를 따라다니며 찾아내려 애썼던 네 잎 클로버를 생각하고는 했다. 네 잎 클로버를 찾아냈다면 불행 대신 행운을 만났을 것만 같았다.

"그럼 이제라도 네 잎 클로버를 찾으면 행운이 팍팍 들어오겠네."

뭔가 일이 잘 풀리지 않을 때마다 네 잎 클로버 타령을 하는 나를 보고 가족들은 웃음을 터뜨리고는 했다.

하지만 나는 어린 시절 이후로 네 잎 클로버를 찾으려는 노력을 두 번 다시 하지 않았다.

"찾으려고 애썼는데도 찾아지지 않으면 괜히 불안해져. 나한테 행운이 안 오면 어떻게 하나 조바심이 든다니까."

나는 토끼풀밭만 만나면 의도적으로 고개를 돌렸다. 네 잎 클로버 따위로 내 행복을 저울질하는 것이 어리석게 여겨졌던 것이다.

하지만 4년 전, 의식을 잃었다가 깨어난 뒤로는 생각이 완전히 달라졌다.

"어머니, 조금만 늦었어도 큰일 날 뻔했어요. 정말 기적이에요."

자식들은 내가 살아난 것을 기적이라고 했다. 나처럼 나이 많은 노인이 흔히 앓는 노인성 질환이었는데 내 경우는 까딱 잘못했으면 영영 깨어나지 못했을 만큼 심각했던가 보다. 정신을 잃고 쓰러진 나를 구해 준 사람은 119 구급대원들이었다.

"구급대원들이 빠르게 병원으로 옮겨 줘서 무사할 수 있었어요."

"정말 고마운 분들이에요."

자식들은 구급대원들에게 고마움을 표시하고 싶어 했다.

"선물을 보내면 어때요?"

"까딱 잘못했다가는 뇌물로 오해받을 수 있어."

"그럼 저녁이라도 한 번 대접하죠?"

"몹시 부담스러워할 거야."

자식들은 머리를 맞대고 의논을 했지만 별다른 결론을 내지 못했다. 그러다 바쁜 일상에 쫓겨 사느라 잊어버린 듯했다. 그러나 나는 항상 큰 빚을 지고 사는 것만 같아 마음이 편하지 않았다.

그러던 어느 날이었다. 텔레비전에서 소방대원들이 위험을 무릅쓰고 불을 끄는 모습을 보았다. 활활 타오르는 불, 앞이 안 보이는 연기, 쏟아지는 물줄기……. 지옥이 따로 없었다. 그 지옥 같은 불 속에서 소방대원들이 정신없이 불을 끄고 있었다.

"저 사람들이 나를 살렸구나."

나는 텔레비전을 보면서 나도 모르게 눈물을 흘리고 말았다. 그 사람들이 내 목숨을 구해 준 것처럼 그 사람들을 위해 뭔가를 하고 싶다는 생각이 간절했다. 그러면서 네 잎 클로버를 떠올렸다. 그들이 행운을 가져다 주는 네 잎 클로버를 지니고 있다면 위험에 빠지는 일은 절대 없을 것 같았다.

"그래, 네 잎 클로버를 저 사람들에게 선물하면 좋겠구나."

그렇지만 화장실 가는 일도 쉽지 않은 환자의 몸으로 바깥출입은 거의 불가능한 일이었다. 내가 다시 건강해져야 할 분명한 이유가 생겼다.

그 날 이후 나는 아침부터 저녁까지 틈만 나면 손과 발을 움직여 운동을 했다. 재활 치료도 앞장서서 다녔다. 그렇게 어느 정도 거동이 자유스러워지자 집 밖으로 나섰다. 첫날은 현관 앞까지, 둘째 날은 골목 끝까지, 일주일 뒤에는 놀이터까지, 보름 뒤에는 공원 앞까지, 한 달 후에는 아파트 앞까지…….

건강한 몸이라면 순식간에 닿을 거리도 온몸에 진땀을 흘리며 걸어야만 닿을 수 있었다. 그러나 포기하지 않고 아파트 뒷문까지 나아갔다. 그곳에는 작은 언덕이 있는데 토끼풀이 유난히 많았다.

"할머니, 정말 기적이네요. 어쩜 그렇게 건강해지셨어요?"

"젊은이보다 더 강한 정신력이세요."

"그렇게 운동을 열심히 하니까 다시 건강해지신 거예요."

사람들은 조금씩 건강해져 가는 나를 보고 모두 신기해했다. 가족들도 마찬가지였다.

"어머니가 다시 건강해지신 모습을 보니까 정말 기뻐요."

"조금 더 건강해지시면 우리 가족 모두 제주도로 여행가요."

기쁘기는 나도 마찬가지였다. 다시 건강해져서만은 아니었다. 내가 다시 건강하게 살아야 될 이유를 찾아내고, 그 목적을 향해 한 세상에는 좋은 사람이 참 많습니다.

남을 위해서 희생하는 사람도 많고 내 아픔보다

남의 아픔을 먼저 걱정하는 사람도 많습니다.

그리고 그런 사람들이 세상을 훨씬 살맛 나게 해 줍니다.

발 한 발 내딛는 것이 행복하기만 했다.

내가 네 잎 클로버를 찾기 위해 바깥출입을 하기 시작했다는 것을 알게 된 가족들은 어이없는 표정을 지었다.

"그깟 네 잎 클로버는 찾아서 뭐 하시게요? 꼭 갖고 싶으면 말씀하세요. 돈 주고 얼마든지 살 수 있거든요."

그렇게 말하는 자식들 앞에서 나는 처음으로 속에 담아 둔 말을 끄집어냈다.

"실은 내 목숨을 살려 준 구급대원들에게 선물하고 싶구나. 저번에 텔레비전을 보니까 소방대원들이 목숨 걸고 불을 끄던데, 그 사람들은 자기 목숨을 내놓고 남의 목숨을 구하려고 애쓰잖아."

자식들은 내 말을 이해하면서도 썩 내키지 않는 표정을 지었다.

"내 정성이 깃든 선물을 하고 싶어서 그런다."

나는 나를 도와 네 잎 클로버를 찾으려고 하는 자식들을 물리쳤다. 내 손으로 네 잎 클로버를 찾아내서 선물하고 싶어서였다.

처음 네 잎 클로버를 찾았던 날의 기쁨은 지금도 또렷하게 기억한다. 어린 시절에 어쩌다 찾아냈던 네 잎 클로버하고는 모양부터 달랐다. 네 개의 잎이 고루 똑같았고, 어디 한 군데 긁힌 흔적도 없는 아주 예쁜 네 잎 클로버였다.

"정말 예쁘구나. 행운이 절로 오겠어."

찾아낸 네 잎 클로버가 신기해서 만나는 사람마다 보여 주고 자랑했다.

"어머니가 이렇게 좋아하는 모습은 처음 봐요."

"첫 손주를 안겨 드렸을 때도 저 정도로 기뻐하지 않으셨던 것 같은데."

"조금 서운한데요."

자식들은 그렇게 말하면서도 덩달아 나를 축하해 주었다.

"하늘의 눈이 있긴 있는 모양이구나. 나에게 행운을 달라고 할 때는 절대 안 보이던 네 잎 클로버를 다른 사람을 위해 달라고 하니까 이렇게 쉽게 보여 주고 있으니 말이다."

나는 네 잎 클로버가 구겨지지 않도록 두꺼운 책갈피에 정성스럽게 꽂아 두었다.

그런데 참 신기하기도 하지, 그렇게 오랫동안 내 눈에 보이지 않던 네 잎 클로버가 아주 쉽게 눈에 들어오기 시작했다. 간혹 손주들이나 자식들이 나를 따라 나와서 네 잎 클로버를 찾기도 했지만 모두 허탕이었다.

"왜 어머니 눈에만 네 잎 클로버가 보일까."

"할머니 눈이 이상해졌나 봐. 나는 아무리 눈을 부릅뜨고 봐도 안 보이는데 할머니 눈에는 네 잎 클로버가 쏙쏙 들어오잖아."

나는 어린 시절, 작은오빠를 따라다니며 네 잎 클로버를 찾으려고 기를 썼던 내 모습을 떠올리고는 빙그레 웃었다.

"나 자신이 아니라 남의 진정한 행운을 위해서 찾으려고 하면 금방 보일 거야."

"에이, 말도 안 돼. 누가 남의 행운을 위해서 네 잎 클로버를 찾으려고 해요. 나한테 올 행운을 다른 사람에게 주고 싶은 사람이 어딨어요?"

손주가 어이없다는 표정을 지으며 물었다.

"옛날 이층집에 살 적에 눈이 내릴 때마다 할머니하고 골목 쓸었지? 다 쓸고 나면 기분이 엄청 좋았지?"

내가 물었다.

"다른 사람들이 넘어지지 않고 편하게 다닐 수 있으니까 당연히 기분이 좋죠."

"그래, 할머니도 그런 마음으로 네 잎 클로버를 찾는 거란다."

내 말에 손주는 고개만 갸우뚱거렸다. 이 아이도 먼 훗날 나이가 들고 누군가에게 진성으로 감사하는 마음을 품게 되면 그 사람에게 행운을 선물하기 위해 네 잎 클로버를 찾으리라.

아직도 건강이 온전해진 것은 아니었기 때문에 오랫동안 풀밭에 있을 수는 없었다. 아침나절 햇살이 따뜻해질 때를 기다렸다가 두어 시간 동안 풀밭을 뒤지는 것이 전부였다. 단 한 개도 못 찾는 날도 많았다. 거의 한 달 가까이 몸이 안 좋아서 꼼짝 못 하고 집 안에서만 지낼 때도 많았다. 그럴 때면 뭔가 중요한 일을 못 하고 있는 듯만 싶어서 마음이 몹시 조급했다.

"오늘은 한 개라도 찾으면 좋으련만."

나는 현관을 나설 때마다 기도하듯 중얼거리고는 했다.

어쩌다 상태가 안 좋은 네 잎 클로버를 찾아내기도 했지만 그런 것은 손대지 않았다. 잎이 예쁘고 고른 것만 골라 땄다. 가을이 되자 아기 손처럼 예쁘고 빨간 단풍잎도 따서 모았다. 네 잎 클로버를 어떻게 해서 선물할 것인가를 이미 생각해 두었고, 선물을 더 예쁘게 꾸미려면 단풍잎이 가장 좋을 것 같았다.

그렇지만 200개나 되는 네 잎 클로버를 모을 때까지 2년의 세월이 필요했다.

200개의 네 잎 클로버와 200개의 단풍잎을 다 모은 날, 내 기분은 하늘을 날아갈 듯 좋았다. 아주 오랜만에 느끼는 기쁨이었다.

"할머니 그렇게 좋으세요?"

좋아서 싱글벙글 웃음을 그칠 줄 모르는 나를 보고 손주 녀석이 물었다.

"너도 놀고 싶을 때 꾹 참고 공부해서 시험을 잘 보면 기분이 아주 좋지? 할머니도 그런 기분이란다."

"할머니 소원대로 구급대원 아저씨들한테 행운이 많이 찾아올 것 같아요."

손주 녀석도 기뻐해 주었다.

네 잎 클로버 두 개와 단풍잎 두 개씩을 종이에 붙여 코팅을 해서 책갈피로 만들었다. 그렇게 해서 100개의 네 잎 클로버 책갈피가 완성되었다.

나는 아들 차를 타고 구조 구급대 사무실을 찾아갔다.

"너는 여기 있거라. 나 혼자 들어갔다 오마."

나는 아들을 밖에 놔두고 안으로 들어갔다.

"의식을 잃고 쓰러진 나를 살려 주셨어요. 이건 제 작은 선물이랍니다."

나는 네 잎 클로버가 든 봉투를 내밀었다.

"저희는 당연히 해야 될 일을 했을 뿐입니다."

"다른 선물은 뇌물이라고 안 받을까 봐서 내 능력으로 할 수 있는 게 뭘까 생각하다가 이걸 준비했어요."

직원들은 봉투 안에 들어 있는 100개의 책갈피를 보고는 눈을 휘둥그레 떴다.

"이렇게 많이 찾으려면 굉장히 고생을 하셨을 텐데, 정말 고맙습니다."

"별로 고생하지 않았어요. 고맙습니다."

"우리처럼 위험한 상황에서 일해야 되는 사람들에게 꼭 맞는 선물을 주셨어요. 앞으로 행운이 우리를 지켜 줄 거예요."

"그랬으면 좋겠습니다. 고맙습니다."

나는 연신 고맙다는 인사만 했다. 다른 말이 선뜻 떠오르지 않아서였다. 내 목숨을 살려 준 것에 비한다면 작은 선물인데도 감격해

하는 모습이 미안할 따름이었다.

"구급대원 하면서 이처럼 고마운 선물은 처음입니다."

"책상 위에 걸어 두고 매일 감상해야 되겠어요."

"단풍잎과 네 잎 클로버를 정성스럽게 말리신 할머니 정성을 항상 기억할게요."

구급대원들은 내 이름이 뭐고 어디에 사는가를 물었지만 나는 도망치듯 사무실을 나섰다.

"행운을 맞을 때마다 할머니가 행운을 가져다 주셨다고 생각하겠습니다!"

등 뒤에서 요란한 박수소리가 들려왔다.

"저 사람들에게 절대 행운의 등불이 꺼지지 않게 하소서."

나는 마음속으로 행운의 여신을 찾았다. 그리고 행운의 여신은 분명히 내 기도를 들어 주리라고 굳게 믿었다.

"네 잎 클로버에 담긴 진심과 사랑이 저 구급대원들에게 큰 위안이 되겠어요."

아들이 활짝 웃었다.

"내가 무사히 저 일을 마칠 수 있어서 정말 고맙구나."

구급대원들이 정신을 잃은 나를 살리기 위해 애썼던 마음이 하늘에 닿았듯이 네 잎 클로버에 담긴 내 마음도 하늘에 닿기를, 나는 눈을 감고 기도했다.

　"하늘 한번 곱구나."

　나는 토끼풀밭 앞에서 차를 내렸다. 토끼풀이 다른 날보다 훨씬 짙푸르다.

　"햇살이 좋으니 해 좀 쬐다 들어가마."

　나는 바위에 걸터앉으며 아들에게 말했다. 하지만 내 눈은 어느새 발치의 토끼풀밭을 살피고 있었다. 또 다른 누군가에게 행운을 줄 네 잎 클로버를 찾기 위해서 말이다.

분홍이의 행복

바람이 차가웠다. 분홍이는 담벼락 밑에 웅크리고 앉았다. 온몸이 바들바들 떨렸다. 추워서만은 아니었다. 배가 너무 고팠다. 꼬리를 배 밑으로 깔고 배고픔과 추위를 털어내려고 애를 썼지만 소용이 없었다.

아침나절에 길거리를 돌아다니다가 땅바닥에 떨어진 빵 조각을 주워 먹은 것이 전부였다. 그리고 공원의 분수대에 고인 물로 허기진 배를 채웠을 뿐이었다.

"이렇게 죽어가나 봐."

분홍이는 차가운 길거리에서 주검으로 발견될 자신의 모습을 상상하며 진저리를 쳤다. 생각만 해도 무서운 일이었다.

"제발 길거리에서 허기와 추위로 시달리다 죽는 일만은 없게 해 주세요."

분홍이는 한기처럼 몰려드는 무서운 생각을 떨쳐내려고 간절하게 기도를 했다.

"어머, 집 나온 개인가 봐."

"병들었나 봐. 털이 지저분하고 숭숭 빠졌잖아."

지나가던 초등학생들이 분홍이 곁에서 떠들었다. 분홍이는 눈을 번쩍 뜨고 학생들을 노려보려고 했다. 그렇게 하면 보통 깜짝 놀라 도망치고는 했으니까. 하지만 지금은 눈 뜰 기운도 없었다.

처음에는 집 나온 개라는 말이 신경에 거슬렸다.

"집을 나왔건 버림을 받았건 개들에게는 똑같은 뜻이야. 먹을 것이 늘 부족하고, 잠자리도 불편하고, 가끔 사람들에게 쫓기기도 해야 하고, 뭐 그런 것들을 똑같이 겪어야 하니까 말이야. 너나 나나 똑같은 똥개 신세란 뜻이야."

처음에 만났던 검둥이는 분홍이를 보고 그렇게 말했다.

"아냐, 나는 버림받지도 않았고, 집을 나오지도 않았어. 잠깐 길을 잃어버린 거야. 미래가 분명히 나를 찾아낼 거라고. 그리고 내 이름은 분홍이야. 털을 항상 예쁘게 분홍색으로 염색하고 다니는 분홍이라고!"

"흥, 분홍이든 똥개든 상관없다니까. 너도 예전 주인한테 미운 짓만 골라서 하다가 버림받았을 거야. 실은 나도 주인 손을 꽉 물었다가 보기 좋게 버림을 받았거든. 그 집에서 지낼 때는 몰랐는데 버림받고 보니까 그곳이 천국이었어."

검둥이 말을 들으면서 분홍이는 기운이 싹 빠지는 것을 느꼈다. 그건 검둥이 말이 맞았다.

집 안에서 분홍이를 예뻐하는 사람은 미래뿐이었다. 분홍이도 가족 중에서 미래를 제일 좋아했다.

할머니가 슬그머니 고구마나 돼지고기, 생선 같은 것을 던져 주기는 했지만 고맙다는 생각은 별로 하지 않았다. 왜냐하면 한두 번은 고맙다는 생각을 했을지 모르지만 거의 매일 일어나는 일을 고맙게 생각하기란 쉬운 일이 아니기 때문이다.

할머니한테 맛있는 음식을 얻어먹는 방법은 절대 어렵지 않았다. 딱딱하고 맛없는 사료 먹기가 싫증이 나면 할머니 앞에 다가가 불쌍한 표정을 짓기만 하면 되었다.

"개새끼는 마당에서 키우면서 사람이 먹는 밥을 먹여야 무럭무럭 자라는 법인데 이렇게 집 안에 가둬 놓고 염소똥 같은 먹이만 먹이니 어떻게 살이 붙겠어."

시골에서 살았던 할머니가 키운 개는 마당에 묶어 놓고 집을 지키게 했던 똥개가 전부였다. 그러니 염색을 하고 예쁜 리본으로 머리를 꾸미고 시간 맞춰 사료를 먹고 간식처럼 개껌을 씹는 분홍이를 그다지 예뻐하지는 않았다.

엄마와 아빠는 하루 종일 바빴다. 아침 일찍 집을 나서면 밤늦게서야 돌아왔다. 식당을 하기 때문에 일요일도 어쩌다 쉴 뿐이었다.

분홍이는 엄마와 아빠 앞으로는 다가가지도 않았다. 먹을 것을 달라고 슬픈 표정을 지어도 통하지 않았고, 갖은 아양을 부리며 귀여움을 받아 보려고 애를 써도 거들떠보지도 않았다.

"저리 가! 나는 개 비린내만 맡으면 머리가 지끈거려."

엄마는 분홍이가 다가오는 것도 싫어했다.

"털 떨어지니까 방으로 못 들어가게 해라."

아빠는 분홍이가 방으로 들어가는 것도 막았다. 그렇게 개를 싫

어하면서도 분홍이를 데려다 키운 것은 혼자 외롭게 자라는 미래를
위해서였다.

"우리가 일 나간 사이에 미래가 심심해 하니까 키우기는 하지만
나는 개가 정말 싫어."

"난 키우던 개가 죽었다고 울고불고하는 사람을 정말 이해 못 하
겠더라. 그 사람은 인간도 그렇게 사랑할까?"

아빠와 엄마는 간혹 그런 말을 주고받고는 했다.

어쨌든 분홍이한테 가족들의 성격을 파악하는 일은 가장 중요한
일이었다. 그것은 그 집에서 어떻게 처신해야 옳은가를 판단하는
기준이 되기도 했다. 그건 거의 본능에 가까운 일이었다.

분홍이는 엄마 아빠가 화가 나 있으면 눈에 띄지 않으려고 애를
썼다. 그렇지만 아빠가 술에 취해 기분이 좋을 때면 그 앞에서 낑낑
소리를 내며 재롱을 피우기도 했다. 그러면 냉장고 속에 든 음식 중
에 분홍이가 좋아할 만한 것을 꺼내 던져 주기도 했다.

할머니는 어떻게 하든 상관없었고, 미래는 노력하지 않아도 뭐든
분홍이 편이었다.

"나를 좋아하는 사람한테 심술부릴 일도 없고 무섭게 이빨을 드

러내고 으르렁거릴 필요도 없지."

분홍이는 미래가 집에 돌아오면 그림자처럼 졸졸 따라다녔다. 그건 자신을 좋아하는 사람에 대한 기본적인 예의라고 생각했다.

"나도 이 집의 가족이니까 눈치껏 잘하고 살아야 해."

그런데 한 가지, 딱 한 가지는 아무리 참으려고 해도 잘 되지 않았다. 가족들이 식탁에 앉아 삼겹살을 구워 먹을 때면 여간 고통스러운 것이 아니다.

다른 날이라면 할머니 옆에 슬그머니 다가가 한 점 정도 얻어먹기란 절대 힘든 일이 아니다. 하지만 엄마와 아빠가 있을 때는 어림없는 일이다.

"사람 먹는 음식을 주면 똥 냄새가 심해서 안 돼요. 안 그래도 사람하고 같이 살아서 그런지 분홍이가 점점 여우 짓만 골라 하는데."

엄마와 아빠는 절대로 고기를 주지 말라며 할머니를 막았다. 그말을 듣는 순간 너무 서글픈 생각이 들었다. 분홍이는 배를 쭉 깔고혀를 길게 빼문 채로 가족들을 올려다보았다. 자신도 모르게 눈물이 그렁그렁 맺혔다.

"끼잉 끼잉."

분홍이는 가족들이 봐 주기를 기대하며 우는소리를 냈다. 그러나 아무리 기다려도 고기를 던져 주지 않았다. 저절로 심술이 솟구쳤다. 분홍이는 벌렁 드러누워 네 다리를 쫙 쳐들었다. 그러고는 네 다리를 최대한 버그적대며 심술을 부렸다. 엄마 아빠가 제일 끔찍하게 싫어하는 모습이었다. 그런데 이번에도 아무 반응을 보이지 않았다. 그저 엄마와 아빠가 얼굴을 찡그리며 분홍이를 보았을 뿐이다.

분홍이는 집으로 들어가 훌떡훌떡 뛰기 시작했다. 정말 화가 나서 견딜 수가 없었다. 집이 몸을 따라 들썩거릴 정도로 뛰어댔다.

"분홍이 그만해!"

미래가 소리를 칠 때까지 버둥거리며 뛰는 것을 멈추지 않았다. 고개를 내밀어 보니 엄마 아빠가 무서운 눈초리로 분홍이를 보고 있었다. 언젠가 보았던 불독의 눈보다 더 날카로운 눈초리였다.

그러거나 말거나 결국 분홍이는 화풀이를 하고 말았다. 엄마가 미래를 위해 깨끗하게 빨아서 꿰매 놓은 솜이불 위에 올라가 오줌을 싸 버린 것이다.

"내가 미쳐! 뭐 이런 개새끼가 다 있어!"

엄마는 신문지를 돌돌 말아 만든 매로 분홍이를 사정없이 후려쳤다. 별로 아프지도 않지만 나 죽는다고 깨갱깨갱 울며 도망을 쳐도 소용없었다. 정말 화가 난 것 같았다.

"개가 사람하고 함께 살면 여우가 된다더니, 여우가 다 됐구나."

아빠도 화가 난 표정을 거두지 않았다. 그런데 새벽이었다. 아빠가 분홍이를 차에 태웠다. 분홍이는 의아했지만 새벽 장을 보러 가면서 데려가는 줄로만 알았다.

그런데 그게 아니었다. 따뜻한 차 안에서 깜박 잠이 들었던 분홍이가 눈을 떠 보니 넓은 공원이었다.

"미안하다. 너하고는 정말 함께 못 살겠다. 좋은 주인 만나서 잘 살아라."

아빠는 분홍이를 길섶에 내려놓았다. 엄마는 차에서 내리지도 않았다. 그때서야 분홍이는 사태를 파악했다. 그러나 정신을 차릴 겨를도 없이 차는 꽁무니만 보인 채 멀어지고 있었다. 그게 전부였다.

그러나 며칠 동안 분홍이는 희망을 버리지 않았다. 미래가 반드시 찾아와 주리라고 굳게 믿었다. 하지만 희망은 점점 사라지고, 이제는 아무 기대도 할 수가 없었다. 오직 따뜻한 잠자리와 배를 채울

수 있는 음식이 간절하게 그리울 뿐이었다.

예쁘던 분홍 털은 형편없이 더러워지고 군데군데 털이 빠지기까지 했다. 폭신폭신한 집 안에서 잠을 자는 대신 아무 데서나 잠들어야 했고, 추위에 떨며 잠을 깨야 했다. 차츰 기운도 떨어지고 꼼짝도 하기 싫어졌다.

담벼락 밑에서 얼핏 잠이 들었던가 보다.

"이런 쯧쯧, 길을 잃은 거냐?"

누군가 분홍이를 쓰다듬었다.

"보아하니 길을 잃은 것이 아니라 버림을 받았구나."

분홍이는 힘겹게 눈을 떴다. 머리가 하얀 할머니가 분홍이를 포근하게 안아 주었다.

할머니 품이 몹시 따뜻했다.

"우선 뭘 먹어야 되겠구나."

할머니는 분홍이를 식당 앞으로 데려갔다.

"여기서 기다려라. 네가 들어가면 식당 안에 있는 사람들이 놀랄 테니 말이다."

할머니는 안으로 들어가더니 조금 후에 낡은 그릇에 설렁탕을 담아 들고 나왔다.

"어차피 나는 한 그릇을 다 먹을 수 없으니까 우리 절반씩 나눠 먹자. 나는 안에서 먹고 나올 테니 너는 여기에서 맛있게 먹으렴."

할머니는 분홍이 앞에 음식이 담긴 그릇을 내려놓고 다시 안으로 들어갔다. 분홍이는 정신없이 음식을 먹었다. 세상에서 이렇게 맛있는 음식은 처음이었다. 순식간에 음식은 바닥이 났고 사라진 기운이 다시 솟구치는 것 같았다.

"깔끔하게 먹어 치웠구나. 너무 고마워할 것 없다. 나도 배가 고팠던 참인데 한 그릇 다 먹기가 부담스러워서 너한테 나눠 준 것뿐이다. 네가 정말 배가 고팠던 모양이구나. 국물 한 점도 안 남기고 깨끗하게 먹었구나."

할머니는 그렇게 말하고는 터벅터벅 걸어갔다. 할머니 걸음걸이가 몹시 불편해 보였다. 몇 걸음 걸었다가 멈추어서 오랫동안 숨을 몰아쉬고는 했다. 분홍이는 할머니 뒤를 졸졸 따라갔다.

할머니 집은 산 밑에 있었다. 혼자 사는 할머니 같았다. 할머니는 분홍이가 뒤따라온 것을 전혀 눈치를 채지 못한 채 대문 안으로 들어갔다.

분홍이는 돌 위에 엎드려 쏟아지는 잠을 간신히 참았다. 뭔가 아주 중요한 일을 해야만 될 것 같아 잠이 들 수가 없었다. 또 맛있는 음식을 얻어먹을 수 있을지 모른다는 기대 때문만은 아니었다. 어디 갈 데도 없지만 본능처럼 할머니를 지켜야 된다는 그런 생각이 들었던 것이다.

"내가 진작 고마움을 느낄 줄 알았다면 버림받지도 않았을 거야. 나는 받을 줄만 알았지 고마움을 갚을 줄은 몰랐으니까."

바깥인데도 다행히 바람이 불지 않아서 그렇게 춥지는 않았다.

"내 뒤를 따라왔구나."

다시 대문 밖으로 나온 할머니는 분홍이를 발견하고 놀란 표정을 지었다.

"배가 고파서 따라왔느냐? 알았다. 먹을 것을 주마."

할머니는 그릇에 밥을 담아다 주었다. 설렁탕처럼 고기 맛은 없었지만 구수한 된장국이 정말 맛있었다.

"오늘부터 나랑 살자."

그 말에 분홍이는 꼬리를 흔들며 할머니 앞으로 기어갔다. 이제 굶지 않아도 되고, 추운 데서 잠을 자지 않아도 되었다. 또 누군가

와 항상 함께 한다는 것이 기뻤다.

할머니는 분홍이가 먹을 밥을 잊지 않고 챙겨 주었다.

"세상은 인간이든 너 같은 짐승이든 서로 나누면서 살아야 한단다. 내 밥을 조금 나눴을 뿐이니까 고마워하지 않아도 돼."

할머니는 간혹 분홍이를 따뜻한 물에 씻겨 주기도 했다.

예전에 미래가 목욕을 시킬 때면 절대 가만있지 않았다. 아등바등 미래 손을 빠져나가 온몸을 흔들어 물기를 털어내고는 했다.

"제발 문 닫고 목욕시켜. 분홍이가 거실로 나와서 물 털지 못하게 하란 말이야!"

엄마는 분홍이가 목욕하다 말고 거실로 뛰쳐나올 때마다 비명을 질러댔다.

하지만 그건 옛말이다. 이제는 할머니가 목욕을 시켜주는 동안 얌전히 참는다. 눈에 비눗물이 들어가면 엄청 쓰라렸지만 못 견딜 정도는 절대 아니었다. 목욕을 시킨 뒤에 수건으로 감싸 안아 주는 할머니 품이 정말 포근했다.

할머니는 몹시 무뚝뚝한 성격이었다. 분홍이는 오히려 그런 할머니가 더 좋았다. 오도카니 옆에 앉아 있기만 하면 되기 때문이었다.

우리는 습관에 의해서 살아가는 경우가 많습니다.

그래서 주변의 고마운 것들도 당연한 것쯤으로 여기기도 합니다.

부모님의 자식 사랑도 당연하고, 자식의 부모 사랑도 당연하고,

친구와의 우정이나 사랑도 당연하다고 여깁니다.

그러나 당연한 것은 한 가지도 없습니다.

순간순간 모두 고마워해야 하고, 감사해야 할 소중한 것들입니다.

"감사합니다." "고맙습니다."

그런 말의 나눔은 사람과 사람을 하나로 묶어 주는 가장 아름다운 말입니다.

재롱을 떨 필요도 없었고, 먹이를 달라고 낑낑거릴 필요도 없었다.

할머니는 거동이 불편했다. 그래서 아침부터 저녁까지 볕 드는 마루에 우두커니 앉아 있을 때가 많았다. 그러면 분홍이도 할머니 무릎 위에 앉아 꾸벅꾸벅 졸고는 했다.

그런데 어느 날 밤, 많은 사람이 집 안으로 들이닥쳤다. 엉엉 우는 여자도 있었다. 그 사람들은 축 늘어진 할머니를 차에 태웠다. 자동차는 분홍이가 따라갈 틈도 없이 눈앞에서 사라졌다.

분홍이는 할머니가 너무 걱정스러웠다. 할머니는 며칠 동안 돌아오지 않았다. 분홍이는 대문가를 서성이며 할머니를 기다렸다. 배가 고프면 먹이를 찾아 대문 앞을 떠났다가도 금방 돌아왔다. 음식을 찾으면 입에 물고 대문 앞에 와서 먹었다.

그러던 어느 날, 처음 보는 차 한 대가 집 앞에서 멈추었다. 하얗고 기분 나쁠 만큼 깨끗한 차였다. 그 자리에 모인 사람들 중에 눈물을 닦는 사람도 많았다. 통곡을 하며 우는 사람도 있었다.

"엄마, 이렇게 가면 어떻게 해?"

"어머니, 어머니……."

그때서야 분홍이는 할머니가 저세상으로 떠난 것을 알았다. 눈에서 굵은 눈물이 뚝뚝 떨어졌다. 예전에는 슬퍼서 눈물을 흘린 적이 한 번도 없었다. 화가 나고 뭔가 못마땅하면 심술을 부리듯 눈물을 흘렸을 뿐이었다.

분홍이는 어쩔 줄 몰라서 주변을 뱅뱅 돌았다. 이제 할머니를 볼 수 없다는 사실이 믿기지 않았다. 가슴에 아주 커다란 구멍 하나가 뻥 뚫린 기분이었다.

"할머니가 키우던 개로구나."

어떤 아저씨가 분홍이를 덥석 안았다.

"너도 할머니 마지막 모습을 보고 싶을 테니 같이 가자."

아저씨는 분홍이를 트럭 뒤에 태웠다.

집 앞에서 잠시 머문 하얀 차가 천천히 골목을 빠져나가고, 트럭도 그 뒤를 따라갔다.

차는 산을 향해 달렸다. 한참을 달리던 차는 산 중턱에서 멈추었다. 눈앞에 보이는 것은 온통 무덤뿐이었다.

분홍이는 사람들이 무덤을 만드는 모습을 오랫동안 지켜보았다.

"자, 일이 다 끝났으니 마을로 돌아가자."

대문 앞에서 분홍이를 트럭에 태웠던 아저씨가 분홍이를 안았다.

하지만 분홍이는 빠르게 발버둥을 쳐서 아저씨 손아귀를 벗어났다. 할머니만 놔두고 떠나면 안 될 것 같았다.

"녀석, 여기 있고 싶은 모양이구나. 그렇게 해라."

아저씨는 더 이상 분홍이를 신경 쓰지 않았다.

시끌벅적 떠들던 사람들이 떠나고, 할머니 무덤가에는 분홍이 혼자만 남았다. 분홍이는 무덤 앞에 웅크리고 앉았다.

"인석아, 그러고 있으면 어쩌누. 더 추워지기 전에 잠자고 먹을 데를 찾아야지."

꿈결처럼 할머니 목소리가 들리는 것 같았다.

"할머니, 저는 갈 데가 없어요. 할머니도 외롭잖아요. 이제부터 제가 할머니 곁을 꼭 지켜드릴게요."

"일 없다. 나는 혼자 있어도 되니까 어서 잠잘 곳을 찾아봐."

"아무리 그래도 소용없어요. 저도 고집이 세거든요."

분홍이는 기운을 내어 껑 짖었다. 하늘나라로 떠난 할머니가 들을 수 있을 만큼 큰 소리로.

그 날 이후 분홍이는 항상 할머니 무덤을 지켰다. 비가 오나 눈이 오나 변함없이 자리를 지켰다. 무덤을 떠나는 순간은 오후에 먹이를 찾으러 나갈 때뿐이었다. 그리고 음식을 구하면 항상 무덤 앞으로 가져와서 먹었다.

아직 겨울이 끝나려면 먼 것 같았다. 눈 쌓인 묘석 아래에서 웅크리고 있다 보면 온몸이 꽁꽁 얼어붙었다. 그래도 춥다는 생각은 들지 않았다. 할머니 품에 안겨 있다는 생각을 하면 온몸이 따뜻해지고는 했다.

"이렇게 주인을 끔찍하게 섬기는 개는 처음이야."

"저렇게 놔두지 말고 보호소에 데려다주면 어때요?"

"아냐, 저 개는 주인 무덤 앞이 가장 편안한 곳일 거야."

사람들은 분홍이한테 먹을 것을 가져다주기도 했다. 어떤 아주머니는 지붕이 파란 집을 가져다주었다.

"이 정도면 겨울을 너끈히 날 수 있을 거야."

아주머니는 바닥에 담요까지 깔아 주었다. 미래 집에서 살 때 지냈던 집보다 푹신하지는 않지만 바람은 피할 수 있었다. 아무것도 못 먹고 하루를 보내는 날도 있었지만 찬바람 맞으며 잠들지 않아도 된다는 것이 더 고마웠다.

"이만하면 괜찮아."

분홍이는 혼자 빙그레 웃고는 했다. 따뜻한 잠자리도 없고, 맛있는 음식도 없고, 매일 졸졸 따라다녀야 하는 사람도 없지만 이렇게 마음이 편할 수 있다는 것이 믿기지 않았다.

버림을 받은 뒤, 추위와 배고픔에 시달리다 죽을까 봐 몹시 두려워하고는 했다. 하지만 이제는 아니었다. 가장 중요한 무언가를 지키고 있다는 뿌듯함이 분홍이를 든든하게 지켜 주었다.

"인석아, 그러지 말고 마을로 내려가. 여기에서 겨울을 날 참이냐? 왜 그렇게 고집을 피워?"

할머니가 야단치는 소리가 들렸지만 분홍이는 상관하지 않았다.

"할머니는 오갈 데 없는 저를 사랑해 주셨어요. 제가 은혜를 갚는 방법은 이것밖에 없어요."

조금 전까지 귀가 먹먹하도록 불던 바람소리도 점점 멀어지고 있었다. 대신 나직나직한 할머니의 목소리가 들려 왔다.

"태어난 것들은 언젠가는 모두 눈을 감는단다. 사람들이 죽음을 두려워하는 것은 혼자 저승길로 떠난다는 외로움 때문이지. 하지만 나는 눈을 감을 때 외롭지 않았어. 문밖에 네가 있다고 생각하니까 그렇게 든든할 수가 없었거든."

"할머니 가슴은 정말 따뜻했어요. 맨 처음에 할머니가 주신 설렁탕은 제가 먹어본 음식 중에서 가장 맛있었어요. 나를 따뜻하게 안아 주는 사람이 세상에서 가장 고마운 사람이라는 걸 할머니가 가르쳐 주었어요."

마음은 잔잔한 물결처럼 편안했지만 눈이 떠지질 않았다. 오늘 별로 힘든 일도 없었는데 눈을 뜰 수 없을 지경으로 피곤했다.

분홍이는 힘겹게 눈을 뜨고 할머니를 바라보았다.

"이렇게 따뜻하게 할머니 품에 안겨 있다가 봄을 맞았으면 좋겠어요. 할머니 품은 정말 따뜻하거든요."

"그래, 그만하면 정말 잘했다. 너, 그동안 정말 수고했구나. 이제 푹 자도록 하렴. 나도 네 잠을 안 깨우마."

분홍이를 품에 안고 활짝 웃는 할머니의 얼굴이 봄꽃 같았다.

문자 메시지로 되찾은 가방

"선우 선생, 내가 은행에 다녀와야 하는데 너무 바빠서 갈 수가 없네. 나 대신 은행 좀 다녀올래요?"

서무과의 윤 선생이 선우 선생에게 도움을 청했다.

"며칠 동안 은행에 넣어둬야 될 돈이에요. 은행 가서 입금 좀 해줘요."

"마침 은행에 갈 일이 있었는데 그렇게 할게요."

선우 선생은 윤 선생이 건네준 돈 봉투를 가방에 집어넣고 서무과를 나섰다.

"혹시 모르니까 택시 타고 가요!"

윤 선생이 자전거를 끌고 나가는 선우 선생을 보고 뒤에서 소리 쳤다.

"걱정하지 마세요."

선우 선생은 방긋 웃으며 손을 흔들었다.

선우 선생은 자전거 앞에 가방을 매달고 천천히 페달을 밟았다. 선우 선생은 학교를 오고갈 때마다 자전거를 이용했다. 집과 학교 가 먼 거리가 아니기도 했지만 운동도 할 겸 자전거를 애용하고는 했다.

은행까지 가려면 한참 동안 달려야 했다.

그런데 은행을 거의 다 와서였다. 갑자기 뒤에서 요란한 소리를 내며 오토바이가 달려오고 있었다. 뒤를 돌아보던 선우 선생은 기 겁을 하며 자전거를 멈추었다.

그 순간이었다. 오토바이가 빠르게 달려오더니 순식간에 자전거 에 매단 가방이 사라졌다.

"도둑이야!"

선우 선생은 소리를 질렀지만 주변에는 사람들이 없었다. 어느새 오토바이는 멀찌감치 달아나고 있었다.

선우 선생은 가까스로 정신을 차리고 핸드폰을 찾았다. 맙소사! 핸드폰조차 가방 안에 들어 있었다.

주머니를 뒤져 보았다. 동전 한 개가 들어 있었다.

"어쩌죠? 가방을 날치기 당했어요."

선우 선생은 공중전화를 찾아 윤 선생에게 전화를 걸었다.

"다친 데는 없어요?"

윤 선생은 몹시 놀라면서도 신우 선생부터 챙겼다.

"전 괜찮아요. 가방을 몽땅 잃어버렸는데 어쩌면 좋아요?"

"경찰에 신고부터 하세요. 오토바이 번호판 봤어요?"

"너무 놀라서 아무것도 못 봤어요. 젊은 남자 같기는 했어요. 정신을 차리고 봤을 때는 워낙 멀리 달아난 뒤라서 자세히 확인할 수가 없었어요."

"그래도 경찰 도움을 받는 것이 좋겠어요. 다치지 않았다니 천만다행이에요. 일단 학교로 돌아오세요."

선우 선생은 전화를 끊은 뒤에 경찰서에 전화를 하려고 했다. 그런데 동전이 없었다.

"어쩜 좋아. 어쩜 좋아."

선우 선생은 발을 동동 굴렀다.

선우 선생은 문득 생각을 바꾸었다.

"신고해 봤자 아무 단서도 없어. 동전이 떨어진 것도 하늘의 뜻일지 몰라."

선우 선생은 절도범을 설득하는 방법을 써 보기로 했다.

학교로 돌아온 선우 선생은 윤 선생에게 핸드폰을 빌려 달라고 했다.

"뭐하시게요?"

"범인을 직접 설득해 보려고요."

"선우 선생 마음은 알겠지만 소용없어요. 마음먹고 뒤쫓아 와서 가방을 훔친 범인이 순순히 돌려주겠어요? 학교에 어떻게 알려야 할지 모르겠어요. 어떻게 하는 것이 좋겠어요?"

"제 진심이 하늘에 닿았으면 좋겠어요."

선우 선생은 자신의 가방 안에 들어 있는 핸드폰으로 전화를 걸었다. 그러나 벨은 울리는데 전화를 받질 않았다.

"그러지 말고 경찰에 신고하세요. 어떤 색의 오토바이였는지 전혀 기억 안 나요?"

윤 선생이 걱정스러운 표정으로 말했다.

"마음에 호소해 보면 통할 수도 있어요. 저는 진심으로 말하면 누구나 통한다고 생각해요."

"사람의 진심을 너무 믿는 것 아녜요? 내가 대신 신고할까요?"

"윤 선생님 말씀은 고맙지만 제 마음이 시키는 대로 해 볼게요."

"그런 나쁜 사람을 왜 신고하지 말자고 하는지 모르겠네요."

윤 선생은 선우 선생을 답답해했다.

"그러니까요. 마치 큰 빽이라도 되는 것처럼 사람의 진심을 믿고 싶어지네요."

선우 선생은 마음을 가다듬고 문자 메시지를 보냈다.

'내 이름은 선우은아라고 합니다. 중학교에서 국어를 가르치고 있습니다.'

선우 선생은 먼저 자신의 직업부터 밝혔다.

'제 생각에 당신은 지금 몹시 힘든 시간을 겪고 있는 것 같습니다. 그렇지 않다면 제 가방을 빼앗을 생각을 하지 않았을 것입니다. 저는 당신의 이번 실수를 비난할 생각은 전혀 없습니다.'

선우 선생은 심호흡을 한 뒤에 다시 문자 메시지를 보냈다.

'제발 부탁입니다. 제 물건을 돌려주시면 참으로 고맙겠습니다.'

그러나 선우 선생이 보낸 첫 문자 메시지에는 답이 없었다.

선우 선생은 다시 문자 메시지를 보냈다.

'당신이 정말 돈이 필요하다면 가방 안에 있는 현금은 가져도 좋습니다. 하지만 다른 물건은 돌려주었으면 좋겠습니다.

어차피 잃어버린 가방이지만 당신이 내가 보낸 문자를 읽고 마지막 부탁이라도 들어준다면 더 이상 아무런 원망도 하지 않겠습니다. 내가 돌려 받고 싶은 것은 돈보다 당신의 양심입니다.'

'당신은 젊습니다. 헬멧 안에 감춰진 얼굴을 자세히 보진 못했지만 참 젊은 분이었다는 것은 또렷하게 기억합니다.

나는 당신이 저지른 실수를 바로잡는 것이 다른 어떤 것보다 중요하다고 생각합니다.

나는 당신 스스로 잘못을 바로잡을 줄 아는 현명한 사람이기를 간절하게 바랍니다.'

선우 선생은 문자 메시지 보내는 일을 멈추지 않았다. 하루도 거르지 않고 보낸 문자가 수십 통이 넘었다.

'당신은 내 진심을 알아주지 않는군요. 나는 세상이 그래도 따뜻

인간에게는 세 개의 눈이 있습니다.

두 개는 얼굴에 달린 눈이고, 한 개는 가슴속의 눈입니다.

가슴속의 눈이 부정적인 것을 더 많이 보았다면

무엇을 보건 부정적으로 생각하게 마련입니다.

하다고 생각합니다. 당신이 비록 힘든 상황에 놓여 있어서 남의 가방을 훔쳤지만 그래도 작은 양심이 저를 안심시켜 주리라고 믿고 싶었습니다.'

선우 선생은 차츰 희망을 버렸다. 윤 선생 말대로 돌려줄 가방이라면 훔치지도 않았을 것이다.

'저는 지금 몹시 혼란스럽습니다. 내 가방을 훔쳐 간 당신의 행동 때문만은 아닙니다.

그동안 수없이 보낸 문자 메시지는 진심을 담아 보낸 것들입니다. 그러나 당신은 당신을 믿고 싶은 내 믿음을 끝내 저버리고 말았습니다.'

선우 선생은 마지막으로 문자 메시지를 날렸다.

'이것이 마지막 문자 메시지입니다. 가져가신 제 돈이 당신에게 유용하게 쓰였으면 좋겠습니다.

어떤 식으로 쓰건 당신 마음은 편치 않을 것입니다. 그러나 나는 당신을 용서합니다. 그래야 여전히 세상을 따뜻하게 바라볼 수 있을 것 같습니다. 돈을 잃었지만 세상을 사랑하는 제 마음까지 잃고 싶지는 않습니다.'

선우 선생은 마지막 문자 메시지를 보낸 뒤에 그동안의 모든 희망을 접었다.

이튿날은 은행에 가서 통장에 넣어 둔 돈을 찾아서 학교 측에 건네주었다.

마음이 몹시 허전했다. 몇 년 동안 저축했던 돈이 허망하게 사라진 것이 아까워서만은 아니었다. 어떤 믿음이 허망하게 사라지는 것이 마음 아팠다. 그녀가 진심으로 믿고 싶었던 아주 소중한 것을 잃어버린 채 영영 못 찾을 것 같은 두려움이기도 했다.

그렇게 며칠이 지났다. 수업을 마치고 교무실로 돌아와 보니 책상 위에 소포 꾸러미가 놓여 있었다.

"어쩐지 예감이 아주 좋은데요?"

윤 선생이 소포 꾸러미를 흔들며 웃었다.

"그러게요. 저도 예감이 나쁘진 않은데요."

가슴이 쿵쿵 요란하게 뛰었다.

선우 선생은 조심조심 소포 꾸러미를 풀어 보았다.

"어쩌면!"

선우 선생은 짧게 탄성을 질렀다. 소포 안에는 선우 선생의 가방이 들어 있었다.

선우 선생은 재빨리 가방을 열어 보았다.

"이건 기적이야!"

선우 선생은 자신도 모르게 소리쳤다. 가방 안에는 돈과 핸드폰, 신용카드가 고스란히 들어 있었다. 없어진 물건은 하나도 없었다.

그리고 짧게 쓴 편지가 들어 있었다.

'당신의 인내심은 참으로 대단합니다. 당신이 학교 선생님이라는 사실 때문에 많이 힘들었습니다. 아이들을 가르치는 분인데, 아이들에게 세상을 살 만한 곳이라고 가르칠 수 없게 된다면 어떻게 될까, 걱정스러웠습니다. 다시 가방을 돌려보내겠다고 생각하면서 당신을 떠올려 보았습니다.

앞으로도 당신은 아이들에게 세상이 그래도 살 만한 곳이라고 가르치겠지요? 그것이 제 부탁이기도 합니다. 또한 이제라도 제 잘못을 바로잡고 항상 정직하게 살겠다는 것을 약속드립니다.'

정성 들여 한 자 한 자 쓴 편지였다.

"역시 선우 선생의 진심이 하늘에 닿았어."

"돈만 찾은 것이 아니라 보이지 않는 소중한 보물을 함께 얻었요. 보고도 믿어지질 않네요."

선우 선생은 활짝 웃으며 말했다.

"정말 신기하다. 나까지 기분이 이렇게 좋을 수가 없어. 세상을 따뜻하게 믿을 줄 아는 선우 선생이 내 옆에 있어서 정말 고마워."

윤 선생은 선우 선생을 꼬옥 안아 주었다.

칭찬을 싸게 팔아요

"선생님, 민규가 오늘도 결석했어요."

미나가 그녀 곁으로 와서 말했다. 그녀는 민규 자리를 바라보았다. 이틀째 결석이다.

'무슨 일이 생긴 걸까.'

그녀는 오늘은 꼭 민규 집을 찾아가 봐야겠다고 생각한다.

"아까 학교 올 때 pc방으로 들어가는 거 봤어요."

미나 말을 들었는지 진하가 끼어든다. 민규는 2학기 때 전학 온 아이였다.

"민규가 큰애라서 조금 엄하게 키우는 편이죠."

민규를 데리고 학교에 왔던 엄마는 세파에 시달린 듯 나이보다 훨씬 늙어 보였다.

그런데 그 날, 민규는 엄마 가까이 앉으려고 하지 않았다. 엉덩이를 움직여 의자를 조금씩 떼어 놓았다.

그것만이 아니다. 엄마 얼굴을 한 번도 바라보지 않았다. 엄마가 무슨 말을 시켜도 고개를 숙인 채로 고개만 끄덕이거나 건성으로 대답했다.

반항하느라 그런 것은 아닌 것 같았다. 엄마는 아랑곳하지 않고 부드러운 말로 민규한테 말을 걸기도 했다.

그런데 갑자기 민규가 고개를 발딱 들고 물었다.

"엄마는 왜 다른 사람 앞에서는 친절하게 굴어요?"

그녀는 놀라서 엄마 얼굴을 바라보았지만, 엄마는 아무렇지 않은 표정을 지었다. 처음 겪는 일이 아니거나 민규 말을 아예 싹 무시하는 것 같았다.

"거짓말을 하거나 잘못을 하면 엄청나게 야단을 쳐요. 그래야 비뚤어지지 않고 바르게 자랄 테니까요. 엄마 아빠가 함께 일을 나가니까 항상 동생까지 돌봐야 해요. 그래서 친구들하고 놀 시간도 없고, 학원 다닐 시간도 없어요."

엄마는 민규에게 많이 미안하다고 말했지만 민규는 거의 무표정으로 앉아 있었다. 그 날 그녀가 느낀 점은 민규는 누군가의 사랑과 관심을 오히려 어색해하고 거북스러워한다는 사실이었다.

'골치 좀 앓겠어.'

그녀는 속으로 걱정했다. 역시 예감이 맞았다. 민규는 틈만 나면 사고를 쳤다.

하루에도 한 번씩 여자아이들을 울리고, 하루에 한 번씩은 교실을 소란스럽게 만들었다. 다른 남자애들처럼 여자애들한테 관심을 끌자고 말썽을 부리는 것도 아니었다.

얼마 전에는 소례를 때려서 코피를 터뜨려 놓고도 태연했다.

"제가 때렸어요. 그렇지만 안 죽었으니까 됐잖아요!"

그러면서 얼굴을 바짝 들이미는 것이 아닌가.

"저 애 때린 만큼 제가 맞으면 되잖아요!"

그렇듯 민규는 잘못을 저지르고도 미안하다거나 잘못했다는 말을 할 줄 몰랐다.

쇠구슬을 던져서 유리창을 깨 놓고도 눈 하나 끔쩍하지 않는 아이였다.

"선생님한테 엄청 혼날 텐데 어떻게 해?"

오히려 아이들이 좌불안석 어쩔 줄을 몰라 했다.

"걱정 마. 한 번 야단맞고 나면 끝나는 걸 뭐. 죽진 않아."

나로서는 민규를 어떻게 해야 될지 속수무책이었다.

"도대체 너는 어떻게 생긴 애가 그 모양이니? 무슨 애가 반성할
줄도 모르고 뉘우칠 줄도 몰라!"

급기야 그녀는 민규 때문에 하루도 빠짐없이 소리를 질러야 했
고, 견딜 수 없는 스트레스를 받았다.

그러던 어느 날, 그녀는 민규를 야단치다 말고 너무도 놀라 입을
다물고 말았다.

"나중에 자라서 뭐가 되려고 나쁜 짓만 골라서 하는 거야!"

그렇게 소리쳤을 때, 면도칼처럼 날아오는 민규 눈빛을 보았던
것이다. 세상에! 그녀는 속으로 자지러지듯 비명을 질렀다. 겨우 초
등학교 5학년이었다. 어떻게 열두 살밖에 안 된 아이가 저렇듯 무섭
고 섬뜩한 눈빛을 할 수 있을까.

순간적으로 뉴스에서 보았던 범죄자들 모습이 떠올랐다. 놀랍게

도 그녀는 어린 민규 눈빛에서 끔찍한 범죄를 저질렀던 그들의 모습을 떠올리고 말았던 것이다.

그 뒤로 그녀는 어지간하면 민규를 야단치지 않았다.

"조금만 있으면 학년이 끝나니까 그때까지만 별 말썽 없이 지내면 돼. 선생도 인간이잖아. 일부러 긁어 부스럼을 뭐 하러 만들어."

그녀는 아침마다 속으로 다짐하며 교실 문을 들어서고는 했다. 하지만 민규가 정말 큰 사고를 저지른 날에는 집으로 전화를 했다.

"민규 부모님이 먼저 책임져야 해."

그게 그녀의 생각이었다. 하지만 여러 번 전화를 걸었지만 항상 전화를 받는 사람은 민규였다.

"누구세요?"

전화선 너머에서 민규 목소리가 들리면 그녀는 얼른 전화를 끊었다. 그녀에 대한 반감으로 더 큰 사고를 저지르면 어쩌나, 하는 걱정으로 서둘러 전화를 끊을 수밖에 없었다.

"그 애를 잘 알고 있어요. 그 애 부모님이 어쩌나 그 애를 무섭게 다루던지, 그 애가 뭘 잘못하면 온 동네가 다 알 정도로 야단을 쳐요. 자식 잘 되라고 그러는 것이겠지만 너무 지나치다 싶어요. 어린 것이 놀지도 못하고 아침부터 저녁까지 동생을 챙기던데."

옆 반 선생님이 민규에 대해 자세히 들려주었다. 민규가 세상에서 제일 좋아하는 사람은 동생이라고 했다. 동생이라면 끔찍하게 아끼고 사랑한다는 것이었다.

"얼마 전에는 동생이 어떤 애를 때렸나 봐요. 그런데 맞은 애 엄마가 집까지 쫓아왔는데 민규가 자기 짓이라고 하면서 끝까지 동생을 감싸더래요."

그런 말을 듣는 동안 그녀는 심한 자책감에 빠졌다.

"민규 부모님은 민규가 완벽하기를 바라는 것 같아요. 그래서 조금만 잘못해도 야단을 심하게 치니까 애가 점점 더 야단맞는 것을 무서워하지 않아요."

그때서야 그녀는 민규가 보여 주었던 면도칼 같은 눈빛을 이해했다. 그 애는 어른을 안 믿고 있었다.

그 애한테 어른은 증오의 대상인지도 몰랐다. 어른이란 잘못을 감싸 주는 사람이 아니라 잘못을 파헤쳐서 야단이나 치는 존재들일 뿐이었다.

"나는 민규가 어떤 생각을 하는지 알려고도 하지 않았어. 잘못한 일이 있으면 잘못을 꾸짖고 야단칠 생각만 했어. 민규는 선생인 나도 끔찍하게 미워하는 어른으로 여기기 시작했어. 도대체 내가 무슨 짓을 하고 있는 거야."

그 뒤로 그녀는 될 수 있으면 민규 마음으로 다가가려고 했다. 그러나 민규는 그녀의 친절한 행동을 오히려 불편해했다. 전학 왔던 날, 엄마 앞에서 보여 주었던 그 표정으로 바라볼 뿐이었다.

"왜 갑자기 친절하게 굴어요?"

그 애 눈빛이 그렇게 묻고 있었다.

'그 애가 알고 있는 어른들은 모두 시한폭탄형들이다. 언제 화를 터뜨릴지 예측할 수 없는 어른들 틈에서 민규도 시한폭탄형으로 변해 가고 있어.'

그녀는 어떻게 하면 민규를 바꿀 수 있을까를 궁리했지만 뾰족한 방법이 떠오르지 않았다.

수업이 모두 끝난 뒤, 그녀는 아침에 민규가 들어갔다는 pc방을 찾아갔다. 민규는 구석에 앉아 다른 사람이 게임하는 것을 바라보고만 있었다.

그녀는 먼저 카드 두 장을 충전하고 민규 곁으로 다가갔다.

"선생님도 게임 무진장 좋아하는데 민규도 그런 모양이구나."

그녀는 의자에 앉으며 편안하게 말했다. 처음에는 깜짝 놀라는 표정을 짓던 민규가 가방을 들고 나가려고 했다.

"우리 카드에 충전한 돈만큼만 게임하자."

그녀는 카드 한 장은 민규에게 건넸다. 민규는 의아한 표정으로 카드를 받았다.

그렇지만 솔직히 그녀는 게임에 대해 아는 것이 별로 없었다. 아주 오래 전에 고작 벽돌 깨기를 몇 번 해 본 것이 전부였다.

"예전에 벽돌 깨기 게임은 일등이었는데 이건 정말 어렵다."

"벽돌 깨기 게임은 게임도 아니에요."

민규는 그녀를 나무라듯 말했다. 그러면서 웃었다.

"되게 못하신다."

민규는 그녀가 게임을 그렇게 못하는 것이 신기했나 보다.

"선생님도 못 하는 것이 있어요?"

그렇게 물으면서 웃었다. 그녀 카드는 금방 바닥이 났지만 민규는 오랫동안 게임을 했다.

"정말 대단한 실력이구나."

그녀는 진심으로 그렇게 말했다. 손가락이 안 보일 만큼 스위치를 놀리는 모습이 경이로울 정도였다.

"아차!"

갑자기 민규가 놀라는 표정을 지었다.

"동생 혼자 있어요!"

민규는 허겁지겁 가방을 챙겼다.

"잠깐만 선생님하고 얘기 좀 하자."

그녀는 민규를 붙들었다. 민규 표정이 갑자기 굳어졌다. 그리고 차갑게 말했다.

"왜 학교에 안 나왔냐고 물으시려는 거죠? 그냥 가기 싫었어요."

"엄마도 아시니?"

"……."

그 말은 나는 아직 엄마한테 아무 말도 하지 않았다, 그 뜻이었다.

"엄마가 가끔 선생님한테 전화하시는 거 알고 있니?"

"……."

"어제도 전화하셨고, 오늘도 전화하셨어."

그녀는 거짓말을 하고 있었다. 민규 엄마는 전화를 한 번도 한 적이 없었다.

"그럼 어제 제가 결석한 것도 알고 계세요?"

"……응. 어제 집에 오셔서 엄마가 아무 말씀도 안 하셨어?"

민규 표정이 더 굳어지고 있었다.

"그러셨구나. 실은 엄마가 선생님한테 신신당부하셨단다. 엄마가 전화했다는 말도 하지 말고 또 결석한 사실을 알고 있다는 것도 절대 말하지 말라고 하셨어."

"……."

"엄마는 민규를 믿는다고 하시더구나. 그러니까 어제는 학교에 가지 않았지만 오늘은 꼭 갈 거라고 하셨어. 그리고 결석을 했더라도 아는 척하지 않겠다고 하셨어. 민규가 만든 문제는 민규가 풀 때까지 기다려야 된다면서."

"……."

"어쩜 오늘도 엄마는 너한테 아무 말도 안 하실 거야. 왜 학교에 가지 않았냐고도 묻지 않으실 것이고, 선생님하고 통화했다는 말씀도 안 하실 거야."

"……."

우리는 하루에 누군가를 몇 번이나 칭찬하며 살까요?

어쩌면 단 한 번도 없을지 모릅니다.

가족 간에도 칭찬하는 일이 거의 없습니다.

불만을 터뜨리는 일이 훨씬 더 많을 것입니다.

아침에 일어나거든 밝은 마음으로 내 곁의 사람에게 칭찬의 말을 들려주세요.

그 한마디의 칭찬은 등불보다 더 환하게 상대방의 마음을 밝게 해 줄 테니까요.

"부탁인데, 너도 엄마한테 아무 확인도 하지 않았으면 좋겠다. 선생님이 약속을 어기고 너한테 말했다는 것을 아시면 엄마가 선생님한테 얼마나 실망하시겠니."

그녀는 끝까지 시치미를 뗐다.

"엄마가 모든 것을 다 알고 있으시면 아빠도 아실 텐데, 두 분 다 끝까지 입을 다무는 걸 보니 정말 아들을 많이 믿어 주시는구나."

민규는 입을 굳게 다문 채로 아무 말도 하지 않았다.

"부모님이 너를 그렇게 굳게 믿어 주시는데 너도 보답해야 하지 않겠니? 학교에 나오고 안 나오고는 네 마음이야. 나는 엄마가 전화하면 사실대로 오늘도 민규가 결석이네요, 하고 말씀드릴 수밖에 없어."

그녀는 그렇게 말하고는 먼저 pc방을 나섰다. 가슴이 두근두근 뛰었다.

"거짓말도 잘한다."

그녀는 혼자 중얼거리며 피식 웃었다. 민규가 이틀씩이나 결석을 했다는 사실을 부모님한테 알리는 것은 중요하지 않았다. 만약 그렇게 했다가는 민규는 엄청나게 야단을 맞을 것이다. 그다음은 어떻게 될까?

그녀는 거기까지 생각하다 말고 어깨를 부르르 떨었다. 면도칼 같던 민규 눈빛이 다시 떠올랐기 때문이다.

다음 날 일찍 학교에 간 그녀는 교문 앞에 서 있는 민규를 만났다. 민규가 그녀를 보고 꾸벅 인사를 했다.

"엄마가 아무 말씀도 안 하셨니?"

그녀가 먼저 물었다. 민규는 고개만 끄덕였다. 그러나 표정이 다른 날과 달리 많이 풀어져 있었다. 민규는 무슨 말인가를 하려다가 그냥 교실로 향했다.

오후에 그녀는 하드보드에 커다랗게 글씨를 썼다.

'칭찬을 싸게 팔아요!'

아이들이 눈을 휘둥그레 뜨고 그녀를 보았다.

"오늘부터 하루에 한 번씩 친구한테 칭찬을 해 주기로 해요."

"그냥 말로만 하면 돼요?"

아이들이 합창하듯 물었다.

"아니요. 친구를 꼭 안아 주면서 칭찬을 해 주는 거예요."

그녀는 아이들을 빙 둘러서게 했다.

"여자랑 남자랑 어떻게 껴안아요?"

"자기가 좋아하는 사람만 껴안으면 안 돼요?"

아이들이 한마디씩 했다. 그러나 그녀가 시키는 대로 했다.

처음에는 낯설어하던 아이들 표정이 점차 누그러지고 있었다.

"오늘 머리 모양이 정말 근사하네."

"수학 문제를 아주 잘 풀더구나."

"애들이 싸우려고 할 때 말린 것은 성말 잘한 행동이었어."

그녀는 아이들을 안아 주며 한마디씩 칭찬을 했다. 아이들도 그
녀를 따라 다른 아이를 포옹한 뒤에 칭찬을 건넸다. 민규 차례가 되
었다.

"나는 민규처럼 동생을 아끼고 보살피는 아이는 못 봤어. 고생하
시는 부모님 대신 동생을 돌보느라 친구들하고 어울려 놀지도 못하
지?"

그녀는 다른 아이들이 들을 수 있도록 큰 소리로 말했다. 그리고
민규를 꼭 껴안아 주었다. 그 애 가슴이 새처럼 콩콩 뛰는 소리를
내고 있었다.

"다음에 또 우리 둘이 pc방에 가자. 그때까지 혼자 가기 없기야.

다음에는 선생님한테 게임하는 법 가르쳐줘야 해. 알았지?"

그녀는 민규 귀에 대고 작게 속삭였다. 민규 얼굴로 멋쩍은 웃음이 흘렀다. 열두 살 아이의 순진한 웃음이었다. 아이들도 포근하게 민규를 껴안았다.

"네가 그렇게 동생한테 잘하는 형인지 몰랐어."

"다음에 내 생일 때 네 동생도 꼭 데리고 와."

"우리 반에서 너처럼 용감한 애는 없을 거야. 나도 용감한 네 성격을 닮고 싶어."

아이들은 모두 천사였다. 서로에게 따뜻한 말을 아끼지 않았다.

교실은 어느 때보다 밝은 기운이 감돌았다.

아이들이 교실을 나선 뒤에 민규가 그녀 곁으로 다가왔다. 그리고 불쑥 손을 내밀었다.

"실은 아침에 드리려고 했는데 못 드렸어요."

민규 손에는 큰 사탕 두 개가 들려 있었다. 그걸 그녀에게 주기 위해 아침에 교문 앞에 서 있었던 모양이었다.

"그럼 아침에 주지 그랬어. 아침에 사탕 한 알은 머리 회전에도 많은 도움을 준다던데."

사탕은 때가 묻어 있었지만 그녀는 아랑곳하지 않고 사탕 하나를 입에 넣었다.

"너도 하나 먹어."

그녀는 사탕을 집어 민규 입에 넣어 주었다.

"이 사탕 정말 달고 맛있네."

그녀는 사탕으로 볼록해진 민규 볼을 가볍게 꼬집는 시늉을 했다. 민규가 쑥스러운 표정을 지으며 웃었다. 그러면서 용기를 내어 입을 열었다.

"앞으로는 아빠랑 엄마가 아무리 야단을 쳐도 화내지 않을 거예요. 아빠 엄마가 얼마나 저를 많이 믿어 주는지 이제 알았으니까요. 그리고 이거 제가 가지면 안 돼요?"

민규는 그녀 옆에 놓인 하드보드를 가리켰다.

"저도 엄마 아빠를 칭찬해 드리려고요. 우리를 위해서 정말 고생 많으시거든요. 아빠가 사업에 실패한 뒤로 두 분은 하루도 쉬지 않고 일을 해요."

아빠와 엄마 모두 공사판에서 일을 한다고 했다. 그래서 동생은 자신이 맡을 수밖에 없단다.

"제 동생은 저밖에 믿을 사람이 없으니까요."

민규 말을 들으면서 그녀는 하마터면 눈물을 흘릴 뻔했다. 미안해서였다. 이렇듯 착하고 심성 고운 아이인 줄도 모르고 말썽만 부린다고 야단쳤던 일이 너무 부끄러웠다.

"이왕이면 아침마다 선생님도 칭찬 한마디씩 해 줄래? 우리 서로 칭찬해 주면 좋을 것 같은데 네 생각은 어때?"

그녀 말에 민규가 고개를 크게 끄덕였다. 그리고 하드보드를 소중한 보물처럼 챙겨 들고 교실을 나섰다.

아홉 번째 이야기
세상에서 가장 무서운 친구들

"얼른 안 줘?"

"이건 내 거야!"

교실 한쪽에서 와글와글 시끄럽게 떠드는 소리가 들려 왔다. 아이들이 고개를 쑥 빼고 소리 나는 쪽을 바라보았다. 종수하고 태주가 아옹다옹 말다툼을 벌이고 있었다. 딱지 때문이다. 태주가 종수 딱지를 땄는데, 종수가 다시 내놓으라고 억지를 부리는 중이었다.

"태주야, 그냥 줘. 어차피 빼앗길 거잖아."

은비가 얼른 뛰어가 태주 손에 들린 딱지를 뺏으려고 했다. 은비는 종수한테 태주가 맞을까 봐 걱정스러운 것이다.

"내가 땄단 말야!"

태주는 딱지를 뒤로 감추며 소리쳤다.

"그냥 장난으로 했잖아!"

종수는 빠르게 딱지를 뺏었다. 그리고 태주 눈앞으로 주먹을 불끈 쥐어 보였다. 당장이라도 한 방 날릴 것 같은 표정이었다.

"너하고 다시는 딱지치기 안 해!"

태주는 책상에 엎드려 씩씩거린다. 다른 애들이 태주 자리로 몰려들었다.

"화 풀어. 내가 더 좋은 딱지 줄게."

"어휴, 저 싸움 대장은 왜 전학도 안 가지?"

"쟤랑 같이 공부하기 싫어."

애들은 종수를 노려보며 씩씩거렸다. 아무리 그래도 종수는 끄떡하지 않는다. 딱지를 딱딱 내리치면서 싱글벙글거린다.

종수는 소문난 싸움 대장이다. 힘이 아주 세기 때문에 아무도 종수를 이기지 못한다. 누군가 욕심 나는 물건을 갖고 있으면 어떤 방법으로든 뺏는다. 힘으로 뺏기도 하고, 가위바위보를 해서 빼앗기도 한다. 그래도 못 빼앗으면 괜히 심술을 부리고 화를 내며 그 아이를 괴롭힌다.

대신 자기 물건은 절대 남에게 뺏기지 않는다. 먹을 것이 있어도 나눠 줄 줄 모른다. 그런데 선생님 앞에서는 뭐든지 모범인 것처럼 행동한다.

"선생님, 청소 제가 다 할게요."

"선생님, 지금 화분에 물주면 되나요?"

"재영이가 물감 안 가져 왔는데, 저하고 같이 쓰면 돼요."

그런 식이었다. 그래서 선생님은 종수가 얼마나 아이들을 괴롭히는지 자세히 알지 못한다. 잘 알지도 못하면서 종수를 칭찬하고는 한다.

"종수가 이번에도 글짓기 대회에서 금상을 탔어요. 여러분도 종수처럼 책 많이 읽으면 글짓기를 잘할 수 있어요."

"어제 종수가 종이 줍는 할머니 리어카를 밀어주는 모습을 교장 선생님께서 보셨대요. 종수한테 박수 한 번 쳐 줄까요?"

아이들은 건성으로 박수를 치며 작은 소리로 소곤거렸다.

"종수는 교장 선생님한테 잘 보이려고 일부러 리어카 미는 척했을 거야."

"종수가 애들한테 얼마나 못되게 구는지 아신다면 절대 저런 말씀 못 하실걸."

며칠 전에도 종수는 성철이가 애지중지 아끼는 햄스터를 빼앗았다. 성철이가 울면서 선생님한테 달려갔다.

선생님이 다가오자 종수는 얼른 햄스터를 성철이에게 주면서 사과를 했다.

"미안해. 여기 있어, 햄스터."

그런데 엉뚱하게도 그 날 벌은 성철이가 섰다.

"그런 것을 학교에 가져오면 안 된다고 했지?"

선생님은 종수가 햄스터를 빼앗은 것에 대해서는 묻지 않았다. 대신 성철이가 햄스터를 갖고 학교에 온 것만 야단쳤다.

종수는 싸움 잘하고 욕심만 많은 것은 아니었다. 공부도 잘하고 그림도 잘 그리고, 노래도 잘하고, 운동도 아주 잘한다.

반 애들끼리 편을 갈라서 경기를 할 때면 무조건 종수 편이 이긴다. 종수는 항상 자기 때문에 이겼다고 으쓱거린다. 그렇게 종수는 자기가 세상에서 제일인 줄 알고 뭐든 일등이어야 만족해한다. 엊그제는 수학 시험을 봤는데 하나가 틀렸다.

"이거 내가 아는 문제란 말이야!"

종수는 종일 씩씩거리며 아이들을 괴롭혔다. 마치 아이들 때문에 문제를 틀린 것처럼 아무한테나 시비를 걸었다.

오늘 셋째 시간은 체육이었다. 아이들은 우르르 운동장으로 뛰어나갔다.

"선생님은 교무실에서 할 일이 있으니까 너희끼리 피구를 하도록 해. 지는 편이 오늘 청소 당번이다."

선생님 말씀에 아이들은 환호성을 질렀다. 선생님은 교무실로 들어가고, 아이들은 편을 갈라 경기를 시작할 준비를 했다.

"종수 편이 되면 이기지만 나는 종수랑 한 편 되기 싫어."

"나도 싫어."

아이들은 종수와 한 편이 되는 것을 피했다. 할 수 없이 가위바위보를 해서 편을 갈랐다.

"나하고 같은 편이 된 너희는 행복한 줄 알아라."

종수는 여전히 뻐기기만 했다.

저번 체육 시간에는 축구 경기를 했었다. 종수는 혼자서 세 골이나 넣었다. 달리기를 아주 잘하기 때문에 종수가 공을 차지하면 아무도 따라잡지 못했다.

하지만 그 날 종수 때문에 세 명이나 다쳤다. 종수는 공을 빼앗기 위해 무섭게 덤벼들었다. 그래도 빼앗지 못하자 공을 몰고 가는 아이의 정강이를 걷어찼다.

결국 종수 편이 한 골 차로 이겼지만 아이들은 두 번 다시 종수하고 축구를 하지 않겠다고 다짐했다.

드디어 피구 경기가 시작되었다. 먼저 종수 편이 선 밖으로 나갔다. 다른 편 아이들은 선 안으로 들어갔다.

"자, 시작이다!"

종수는 큰소리로 외치며 힘껏 공을 던졌다. 종수는 절대 안 봐 준다. 인정사정없이 공을 던진다. 텅! 빠르게 날아온 공이 수미 배를 때렸다.

"아야!"

수미는 배를 움켜쥐고 바닥에 주저앉았다.

"죽은 사람은 빨리 나와!"

종수는 수미가 쓰러졌는데도 아랑곳하지 않고 공을 쳐들었다.

아이들은 주춤거리면서도 공을 피할 자리를 잡았다. 종수는 입술을 꼭 다물고 맞힐 아이를 향해 힘껏 공을 던졌다. 이번에는 상민이가 맞았다. 종수가 공을 던질 때마다 아이들이 한 명씩 선 밖으로 밀려났다.

어느 때는 두 명씩 밀려나기도 했다. 대신 종수가 던진 공을 받아내는 아이는 별로 없었다. 워낙 세게 날아오기 때문이다. 마지막 남았던 아이도 공에 맞고 말았다.

"어때, 내 실력이. 이 정도면 우리 편 승리지?"

종수는 어깨를 으쓱해 보였다. 종수 편 아이들도 얼굴이 밝았다. 종수하고 한 편이 된 것은 별로이지만 자기편이 이기는 것을 싫어할 애는 없다.

이제는 종수 편이 선 안으로 들어갔다.

"아, 잠깐만!"

선 밖에 섰던 은비가 갑자기 손을 들었다. 그리고 자기편 아이들을 모이게 하더니 오랫동안 작전을 짰다.

"후훗, 그래 하루 종일 실컷 작전이나 짜라. 아무리 그래도 너희는 나를 절대 이길 수 없어."

종수는 머리를 맞대고 소곤거리는 아이들을 보며 씨익 웃었다.

드디어 공이 종수를 향해 날아왔다. 종수는 몸을 가볍게 날려 공을 피했다. 또 공이 날아왔다. 이번에는 종수 머리 위를 아슬아슬하게 스쳐갔다.

"나를 맞힐 수는 없을걸."

종수는 자신만만해 했다. 하지만 그 말이 끝나기도 전에 공이 날아왔다. 종수는 간신히 그 공을 피했다. 공은 계속 종수를 향해 날아왔다. 쉴 틈없이 공을 피하던 종수 숨소리가 거칠어졌다. 그래도 자신감 넘치게 소리쳤다.

"뭐해, 빨리 던져!"

은비가 던진 공이 빠르게 종수를 향해 날아갔다. 구경을 하던 아이들이 아! 하고 비명을 질렀다. 공이 정확하게 종수 다리를 향해 날아가고 있었기 때문이다.

"야, 그렇게 공을 던지면 어떻게 해!"

종수는 투덜거리며 선 밖으로 나왔다. 허벅지를 맞았는지 다리를 절뚝거렸다. 태주가 공을 집었다. 그리고 저쪽을 향해 천천히 공을 던졌다. 누구든지 쉽게 잡을 수 있을 만큼 느린 속도였다. 제일 키가 작은 도현이가 공을 받았다. 종수는 다시 살아날 수 있게 되었

사람은 누구나 실수를 하고 잘못을 저지르기도 합니다.

그렇지만 한두 번의 실수나 잘못은 용서받을 수 있을지 몰라도

계속 거듭되는 실수나 잘못은 용서받기 어렵습니다.

누군가 큰 잘못을 저질렀을 때 무조건 용서하는 것도 옳은 방법이 아닙니다.

그렇지만 세상에서 가장 무서운 복수는 용서라고 했습니다.

사람의 일은 사람의 힘으로 얼마든지 해결할 수 있습니다.

그리고 사람과의 미움은 작은 용서만으로도 얼마든지 극복할 수 있습니다.

다. 그러니까 항상 종수한테 맞기만 하던 도현이가 종수를 살린 것이다. 종수가 다시 선 안으로 들어갔다.

"자, 다시 덤벼!"

종수는 손뼉을 탁 치며 소리쳤다. 선 밖의 아이들은 다시 있는 힘껏 공을 던졌다. 모두 종수를 향해 던졌다. 종수는 다시 맞고 말았다. 이번에는 가슴을 맞았다.

"왜 나만 공격하는 거야!"

종수는 가슴을 움켜쥐고 나가면서 불만을 터뜨렸다. 종수가 나가고, 이번에는 종수한테 로봇을 빼앗겼던 민수가 공을 받았다. 이번에도 아주 쉽게 받았다. 다시 종수는 선 안으로 들어갔다. 하지만 조금 긴장한 표정이었다.

선 밖의 아이들은 힘을 다해 종수만 공격했다. 선 안으로 들어갔던 종수는 이리저리 피할 사이도 없이 공에 맞고 말았다. 그러면 다른 애가 공을 받아 다시 종수를 살려 주고는 했다. 종수한테 피해를 보았던 아이들이 종수를 살려 주고 있었다.

"종수 너 뭐하는 거야? 왜 계속 맞기만 해?"

"너 때문에 우리 편이 계속 몰리잖아."

"오늘 청소는 네가 다 해야 해!"

종수 편 아이들이 소리쳤다. 종수는 입을 꾹 다물었다. 그리고 날아오는 공만 노려보았다. 자신만만하던 얼굴이 땀과 흙먼지로 지저분했다. 이번에는 한 방에 맞히지 않았다. 종수가 이리저리 빠르게 달아날 수 있도록 공을 날렸다.

날아오는 공의 속도가 빨랐지만 종수 몸을 맞히지는 않았다. 공은 자꾸만 종수 몸을 비켜가며 날아다녔다.

날고, 또 날고, 또 날고…….

이제 종수도 완전히 지친 모습이었다.

"헉헉헉…….”

종수는 땀을 흘리며 몸을 피했다. 휙, 공이 나는 소리가 날 때마다 아이들 얼굴은 잔뜩 긴장을 했다.

반 아이들이 모두 힘을 합친 것은 처음이었다. 종수가 아무리 괴롭혀도 모두 종수의 주먹이 무서워 대들지 못했다. 하지만 오늘은 아니었다. 힘없는 도현이까지 힘을 보탰다.

햇살이 뜨거웠다. 공이 날아갈 때마다 해님의 고개도 이쪽저쪽으로 쫓아다니느라 바쁜 것 같았다. 다시 종수는 공에 맞고 말았다.

실수였다. 먼저 몸을 피했는데 하필이면 공이 피한 방향으로 날아와 종수 머리를 맞힌 것이다.

종수는 울상이 되었다. 풀이 죽은 모습으로 선 밖으로 나갔다. 하지만 숨을 돌릴 사이도 없이 다른 애가 공을 받아서 종수를 살려 주었다.

"그, 그만해."

종수는 땅바닥에 주저앉으며 울듯이 말했다.

"무슨 소리야? 너 때문에 우리 팀이 청소할 수는 없잖아."

종수와 같은 편 아이들이 종수를 일으켰다. 종수는 할 수 없이 선 안으로 들어갔다. 그러나 몸을 피할 겨를도 없이 텅! 공에 맞고 말았다.

다시 공이 날고, 이번에는 다리가 약간 불편한 명희가 공을 받아 종수를 살렸다. 명희가 걸어가면 종수는 항상 오리궁둥이 흉내를 내며 놀리고는 했었다.

"너는 명희가 살려 줬는데 고맙다는 말도 할 줄 몰라?"

같은 편 현아가 종수를 나무랐다.

"고, 고마워."

종수는 더듬거리며 간신히 말했다.

다시 공이 날았다. 이번에는 종수도 무사히 피했다. 그러나 착각이었다. 저쪽에서 은비가 던진 공이 빠르게 종수 머리 위를 지나쳤다. 그 공은 순식간에 태주 손에 쥐어졌다. 태주는 종수가 몸을 피할 틈도 주지 않고 빠르게 공을 던졌다.

공은 종수 옆구리를 맞히고 땅바닥으로 떨어졌다. 종수는 옆구리를 움켜쥐고 선 밖으로 걸어 나갔다. 종수 얼굴이 심하게 일그러졌다. 언제나 자신만만하던 종수가 지금은 금방이라도 울음을 터뜨릴 것만 같았다.

마음 약한 아이들은 그런 종수를 보며 얼굴을 찡그렸다.

"종수가 불쌍해."

"안됐기는 하지만 종수는 혼나야 해. 그래야 친구들한테 함부로 하지 않을 거야."

그렇게 말한 것은 햄스터를 빼앗겼던 성철이다.

공은 종수를 한시도 내버려두지 않고 공격했다. 종수는 선 밖에 서 있다가 축 늘어진 모습으로 다시 선 안으로 들어갔다.

공이 다시 날았다. 하지만 종수는 피하지 않았다. 두 팔을 늘어뜨

린 채로 서 있었다. 공을 보고 있지도 않았다. 고개를 숙이고 서 있
을 뿐이었다.

그러나 공은 종수를 향해 무섭게 날아갔다.

"텅!"

종수 몸을 때린 공이 은행나무 있는 곳으로 날아갔다. 종수가 그
자리에 푹 넘어졌다. 배를 누르며 넘어졌다. 피하지 않았기 때문에
배를 심하게 맞은 것이다.

빨갛게 익은 종수 얼굴이 일그러졌다.

"엉엉엉."

종수는 큰 소리로 울기 시작했다. 아이들은 동작을 멈추고 종수
를 바라보았다. 아무도 움직이지 않았다. 울고 있는 종수를 바라보
기만 했다.

"종수야, 일어나."

제일 먼저 손을 내민 것은 반에서 제일 힘 약한 도현이었다.

"일어나, 종수야."

성철이도 다가가 종수를 일으켰다. 빙 둘러 서 있던 아이들 얼굴
이 토마토처럼 빨갛게 익어 있었다.

종수는 일어나서도 울음을 그치지 않았다. 더 큰 소리를 내며 울었다.

아이들 눈에도 눈물이 맺혔다.

"앞으로 우리 사이좋게 지내자."

은비가 종수 앞으로 다가가 손을 내밀었다.

"그래, 그만 울어."

이번에는 태주가 종수 등을 다독였다.

성철이, 현아, 재영이, 명희, 소라, 종훈이, 민경이, 효실이, 선모, 연경이, 선아……. 모두 종수를 안아 주거나 어깨를 다독여 주었다.

종수 얼굴에서 서서히 울음이 사라졌다. 대신 밝은 웃음이 활짝 피어났다.

아이들 얼굴에도 활짝 웃음이 피어났다. 구경하던 해님이 구름 속으로 쏙 얼굴을 감추고, 바람이 아이들의 머리카락을 시원하게 불어 날렸다.

딸의 생일 파티

학교에 다녀온 딸은 내일 있을 생일 파티 때문에 들떠 있다.

"수아, 철민이, 경희, 나영, 종수, 희라, 영아, 선영, 진수……."

"너하고 친한 애는 모두 초대했구나."

"그래도 나는 별로 초대 안 한 거야. 희라는 우리 반 애들 절반을 초대했는걸."

딸은 내가 너무 많은 친구를 초대했다고 할까 봐 걱정스러웠던지 내 목을 껴안고 아양을 떨어댔다. 나는 딸이 말하는 아이들 속에서 자경이가 빠졌다는 것을 알았다.

"자경이는 왜 뺐니?"

나는 딸이 왜 그 애를 뺐는지 잘 알면서도 물었다. 그 애는 학교에서도 가장 말썽 많은 아이로 찍혀 있었다.

"그 애는 정말 말썽꾸러기예요. 오늘도 그 애가 말썽을 부려서 단체로 벌 받았어요."

"그래도 자경이한테 기회를 줘 봐. 혹시 아니? 네가 생각했던 것보다 훨씬 좋은 아이일 수도 있잖아."

나는 딸이 생각을 바꾸기를 바랐다. 그래도 딸은 자경이를 절대 초대할 수 없다고 했다.

"다른 애들이 그 애를 초대하는 걸 싫어한단 말예요."

딸은 세차게 고개를 저었다. 하지만 내가 아는 자경이는 정말 순수하고 맑은 아이였다.

얼마 전에 이런 일이 있었다.

친정 조카가 집에 놀러 왔는데, 한시도 가만있질 못했다. 미운 다섯 살이라는 말이 실감 날 정도로 이리 사라지고 저리 사라졌다. 마침 딸도 캠프를 가고 없어서 말썽꾸러기 조카는 완전히 내 몫이 되고 말았다.

저녁 무렵에 반찬을 사러 시장에 데리고 갔는데, 눈 깜짝할 사이에 조카가 사라지고 말았다.

눈앞이 깜깜했다. 몇 시간 동안 찾아다녀도 아이가 보이지 않았다. 경찰서, 주민센터에 신고를 한 뒤에 사방을 돌아다니며 아이를 찾았다.

날이 저물고 비까지 주룩주룩 쏟아졌다.

정신없이 찾으러 다니는데 경찰서에서 연락이 왔다. 어떤 아이가 조카를 데리고 왔다는 것이다.

달려가 보니 조카는 아무렇지 않게 경찰 아저씨가 끓여 준 라면을 먹고 있었다. 그 옆에는 자경이가 있었다.

"얘가 저 꼬마를 데리고 왔어요. 우리가 보호자 찾아올 때까지 데리고 있겠다고 해도 안 가고 있네요. 보호자를 보고 가야 마음이 놓인다면서요."

경찰은 자경이 머리를 쓰다듬어 주며 칭찬을 했다.

나도 자경이가 무척 고마웠다. 말썽꾸러기로만 알고 있던 자경이가 길을 잃고 우는 조카를 경찰서로 데려갔다는 사실이 여간 기특하지 않았다.

"아줌마네 조카였어요?"

자경이도 놀라는 표정을 지었다. 그 뒤로 나는 관심을 갖고 자경이에 대해 알아보았다.

자경이는 할머니와 살고 있었다. 할머니는 하루 종일 동네를 돌아다니며 종이나 빈 상자, 병을 주워 팔아서 생활을 했다. 내가 생각했던 것보다 자경이는 어려운 환경에서 자라고 있었다.

며칠 뒤, 나는 자경이한테 책 한 권을 선물했다.

"아줌마가 선물로 주는 거야."

그 애는 선뜻 그 책을 받지 못했다. 마치 큰 선물이라서 받을 수가 없다는 표정이었다.

나는 그런 자경이를 보면서 그 아이 마음이 얼마나 순수하고 맑은가를 깨달았다. 주위에서 모두 따돌리고 꾸중만 하니까 반항하듯 말썽을 부렸던 것이다.

며칠 후 외출했다가 돌아오는데 자경이가 아파트 정문 앞에 서 있었다.

"어머나! 이렇게 더운데 왜 뙤약볕에 서 있어?"

내가 놀라 물었다. 오랫동안 거기 서 있었는지 자경이 얼굴이 벌겋게 익어 있었다.

부모가 자식에게 가르칠 수 있는 것은 별로 많지 않습니다.

어쩌면 긍정과 끈기, 그 두 가지가 전부일지 모릅니다.

나머지는 부모가 가르치지 않아도 학교, 이웃, 사회에서 배우고 익힐 수 있습니다.

부모가 가르친 긍정은 세상을 따뜻하게 보듬을 줄 아는 눈을 길러 주고,

끈기는 어떤 어려움 앞에서 꿋꿋하게 견디고 이겨 나갈 수 있는 힘을 길러 줍니다.

자경이는 쑥스러운 표정을 지으며 말했다.

"아줌마가 선물로 주신 책이 엄청 재미있었어요. 다 읽고 친구한
테 빌려줬더니 친구가 고맙다고 했어요. 그 친구가 다 읽으면 다른
친구도 빌려 달래요."

그 애는 그 말을 하기 위해 나를 기다리고 있었던 것이다.

"정말 기쁜 소식이구나. 그 말을 전해 줘서 고맙다."

나는 진심으로 말했다. 그렇게 말해 주자 그 애는 함박웃음을 지
었다. 나는 자경이가 지어 보였던 웃음을 오랫동안 기억했다.

그렇지만 그 뒤로도 딸 입을 통해서 들은 자경이 소식은 한 가지
도 좋은 것이 없었다.

"자경이가 준비물을 안 챙겨와서 우리 조가 꼴등 했단 말이야."

"오늘 자경이가 경식이 코피 터뜨렸어. 경식이가 자경이한테 거
지라고 욕했거든."

여전히 자경이는 선생님 골머리를 앓게 하는 싸움 대장이었고,
반 아이들을 괴롭히는 말썽꾸러기일 뿐이었다.

그러니 딸이 생일 파티에 자경이를 초대하지 않겠다고 고집을 피
우는 것도 당연한 일이었다.

"음, 이번 일은 네가 양보했으면 좋겠다. 엄마 생각에는 네 생일에 자경이를 초대해 주면 그 애도 뭔가 달라질 것 같아. 네가 기회를 줬는데도 자경이가 계속 애들을 괴롭히고 말썽을 피우면 그다음부터는 엄마도 아무 말 안 할게. 엄마 소원이야."

나는 딸이 누구든지 따뜻한 마음으로 대해 주길 바랐다. 딸은 난감한 표정을 지었다. 그리고는 마지못해 대답했다.

"엄마 소원이라면 할 수 없지 뭐. 애들이 자경이 때문에 생일 파티가 끝나지도 않았는데 가 버리면 엄마가 책임져야 해?"

딸은 못마땅해하면서도 내 뜻에 따라 주었다.

이튿날 딸 친구들이 찾아왔다. 자경이는 맨 나중에 왔다. 그 애는 부끄러운 표정으로 가져온 선물을 내놓았다. 내가 선물로 주었던 동화책이었다.

"돈이 없어서요."

자경이는 나만 들을 수 있도록 작은 목소리로 말했다. 나는 그 애를 가만히 안아 주었다.

"제가 가진 것 중에 가장 좋은 것을 가져오고 싶었어요."

"네 마음을 잘 안단다. 정말 너는 따뜻한 아이로구나."

내 말에 자경이는 부끄럽다는 듯이 웃었다. 여전히 밝고 맑은 웃음이었다.

염려와 달리 아이들은 이내 자경이와 어울렸다. 저녁때까지 축구도 하고 컴퓨터 게임도 하면서 놀았다.

"엄마, 참 이상해. 자경이가 한 번도 말썽을 안 부렸어. 애들도 안 때리고 오히려 애들한테 뭐든지 양보했다니까."

친구들이 돌아간 뒤 딸은 사경이 소식부터 선했나.

"것 봐라. 네가 기회를 안 주니까 그 애도 너한테 잘할 기회를 못 찾았던 거야."

"내일 우리 반 애들한테 말해서 다른 애들 생일 파티에도 자경이 초대하라고 해야겠다."

딸애는 자랑스럽게 떠들었다.

"올해 들어와서 우리 반 애들 중에서 내가 열 번째로 생일 파티를 한 거야. 그런데 자경이를 초대한 사람은 내가 처음이래."

딸은 그렇게 말하면서 내 귀에 대고 작게 속삭였다.

"자경이가 가면서 내 귀에다 대고 부탁이 있다고 하는 거야. 5학년이 돼서 반이 달라도 생일 파티 때 자기를 꼭 불러 달래."

딸 웃음이 퍽 밝았다.

"그래서 뭐라고 대답했니?"

"학년 끝날 때까지 말썽 안 부리면 그렇게 하겠다고 했어. 그랬더니 자경이가 손가락을 걸고 약속까지 하는 거 있지. 절대 말썽 안 부리고 공부도 열심히 할 테니까 내년에 꼭 초대해 달라면서. 나한테 정말 고맙다는 말을 세 번이나 했다니까."

나는 종알거리는 딸의 말을 들으며 혼자 웃었다.

내가 포근히 안아 주었을 때, 새처럼 팔딱거리며 뛰던 그 아이 가슴에서 들었던 말이기도 했다.

고맙습니다…….

"엄마는 네 친구 중에 자경이가 제일 좋아. 그러니까 앞으로 네가 자경이를 많이 감싸 주고 이끌어줘야 해. 알았지?"

나는 딸 앞에서 투정 부리듯 그렇게 말했다.

열한 번째 이야기
달팽이와 원숭이의 닮은 점

달팽이가 있었다. 달팽이는 너무 외로웠다. 그래서 두 팔로 자신의 가슴을 껴안고 다리 사이로 고개를 푹 숙인 채 꼼짝하지 않았다. 그렇게 온몸을 껴안고 있으면 외로움이 많이 사라졌다. 누군가 곁에 있으면 대신 포옹해 주겠지만 혼자였기 때문에 스스로를 그렇게 포옹하며 외로움을 달랬다.

원숭이가 있었다. 원숭이는 외로워도 두 팔로 자신을 감쌀 줄을 몰랐다. 다리 사이로 온몸을 밀어 넣듯 하는 혼자만의 포옹을 할 줄 몰랐다. 대신 두 팔을 양 옆으로 벌린 채 씩씩하게 걷는 것이 원숭이가 할 줄 아는 혼자만의 포옹이었다.

"너는 어쩜 그렇게 달팽이 같냐? 도무지 움직임이 없으니. 답답하지도 않아?"

남들이 그에게 가장 많이 하는 말이었다. 그럴 때마다 그는 입꼬리를 약간 움직일 뿐이었다. 웃음도 아니고, 찡그림도 아니었다. 그냥 무슨 말인지 알아들었다는 뜻 정도였다.

"그렇게 영리하던 애가 어떻게 이렇게 변할 수가 있는지……."

어머니 한숨 소리는 꺼질 날이 없었다. 어머니는 하루도 쉬지 않고 새벽 기도를 했다. 그러면 그가 다시 예전의 모습으로 돌아갈 거라고 굳게 믿었다. 그러나 그는 하루 종일 한 번도 문밖에 나오지 않고 방 안에서 꼼짝 않는 날이 허다했다.

"달팽이 청년!"

사람들은 그를 그렇게 불렀다. 그러나 그가 처음부터 달팽이가 된 것은 아니었다. 고등학교 때까지 그는 모범생이었다. 학교 성적도 우수했고 운동도 잘해서 친구들 사이에 인기가 좋았다. 성격도 명랑한 편이어서 오락부장을 도맡기도 했다.

"너야말로 사회에서 가장 필요로 하는 사람이 될 거야."

"너처럼 영리하고 의리 있는 녀석이 내 친구라서 정말 고맙다."

"나중에 훌륭한 사람이 되거든 나 모른 척하지 마라."

"너를 보면 내 아들이 아닌데도 정말 욕심이 나는구나. 너 같은 아들 하나만 있다면 얼마나 좋겠냐."

그가 어려서부터 가장 많이 듣고 자란 말이었다. 그는 그 말이 듣기 좋았다. 그래서 무슨 일이든 앞장서려고 했고, 누군가 도움을 필요로 하면 팔 걷어붙이고 도와주었다. 일등 자리는 항상 자신의 것이었고, 이등을 하느니 안 하고 말겠다는 것이 그의 신념이었다.

그런 그를 모두 부러워하고 칭찬한 것만 아니었다. 부모님은 여간 걱정이 아니었다.

"물러설 줄도 알고 타협할 줄도 알아야 하는데, 저 애는 너무 앞으로 가는 것밖에 모르는구나."

"저렇게 휠 줄 모르는 성격은 쉽게 부러질 수도 있는데, 정말 걱정이에요."

부모님은 아들이 평범하게 자라 주기를 바랐다.

그런데 부모님의 걱정이 현실로 나타나고 말았다. 어느 날, 그는 혼자서 학교 뒤쪽에 있는 동산으로 올라갔다. 머리가 복잡하거나 뭔가 생각할 것이 있으면 동산으로 올라가는 것이 그의 버릇이었다. 그런데 바위 뒤쪽에서 무슨 소리가 요란하게 들려왔다.

"저 자식들이!"

그는 깜짝 놀라 소리쳤다. 남학생 다섯 명이 학생 한 명을 구타하고 있었다. 그런데 맞고 있는 학생은 같은 반 승규라는 아이였다. 그 아이는 한쪽 다리를 절었다.

"야, 그만두지 못해!"

그는 한걸음에 달려가 두 팔로 승규를 막았다.

"넌 뭐야!"

다섯 명의 학생이 느닷없이 나타난 그를 빙 에워쌌다. 운동이라면 뭐든 자신 있었지만 다섯 명과 맞서 싸우기란 결코 쉬운 일이 아니었다.

겁에 질린 승규는 절뚝거리며 학교 쪽으로 달아나고 있었다.

그는 순식간에 다섯 학생의 주먹을 맞고 피투성이가 되었다. 그런데 사고는 전혀 엉뚱한 데서 터지고 말았다. 한 학생이 그의 주먹을 피하다가 그만 바위에 머리를 세게 부딪혔던 것이다. 서둘러 병원으로 옮겼지만 그 학생은 영원히 깨어나지 못한 채 식물인간이 되고 말았다.

그 싸움의 원인은 아무도 따지지 않았다. 결과만 따졌다.

"저 때문이었어요. 제가 혼자서 맞고 있으니까 저를 막아 주려다가 그랬다니까요!"

승규가 경찰서와 교무실, 그리고 식물인간이 된 학생의 부모님을 찾아가 사정을 해도 소용없는 일이었다. 모두 그 학생이 그의 주먹을 맞고 넘어지면서 바위에 머리를 부딪힌 것으로 알았다. 함께 싸웠던 학생들이 거짓말을 했기 때문이었다.

"제 주먹에 맞은 것이 아니에요! 제 주먹을 피하려다 바위에 부딪혀서 다친 거예요!"

울부짖으며 억울함을 호소했지만 세상은 두 귀를 꼭 닫은 것처럼 그의 말을 한마디도 들어 주지 않았다.

그 뒤, 그의 삶은 엉망이 되고 말았다. 학교를 그만두어야 했고, 오랫동안 보호 감호소에 갇혀 지내야 했다. 그리고 집으로 돌아온 뒤, 아무도 만나지 않았다.

"제발 정신 차려! 네 잘못도 아닌데 왜 그렇게 죄책감에 빠져 있는 거야!"

"다시 예전처럼 활달하게 살 수 없겠어?"

"네가 이렇게 숨어 산다고 이미 꼬인 문제가 해결될 일이야?"

친한 친구들이 찾아와 그를 달랬지만 그의 귀에는 아무 말도 들리지 않았다. 친구들의 발길도 차츰 뜸해지기 시작했다.

그는 가족조차도 얼굴을 맞대지 않으려고 했다. 어디에서부터 잘못되었을까. 그는 혼자서 수없이 되묻고 되물었다. 남들이 자신의 진심을 알아주지 않는 것은 이제 억울하지 않았다. 그는 지독한 무력감에 빠져들었고, 하루 종일 어두컴컴한 방 안에서 웅크린 채 하루하루를 보냈다. 그는 너무 외로웠다. 하지만 아무에게도 마음을 털어놓을 수가 없었다. 누군가 너무도 그리웠다. 하지만 전화를 걸어 "보고 싶어요!" 하고 하소연을 할 사람도 없었고, 찾아가 만나고 싶은 사람도 없었다.

그런 그가 할 수 있는 것은 두 팔로 어깨를 꼬옥 안고 두 다리를 가슴 가까이 잔뜩 웅크리고 꼼짝하지 않는 것이었다. 달팽이처럼.

달팽이처럼 살던 그가 그녀를 만난 것은 공원에서였다. 어느 날 밤이 깊어졌을 때 집을 나선 그는 공원으로 향했다. 두어 달에 한 번 정도의 유일한 외출이었다. 공원은 텅 비어 있었다. 가로등만이 공원 곳곳을 비추고 있을 뿐이었다. 그는 불빛이 없는 자리를 찾아

간혹 새로운 인연이 우리의 삶을 좀 더 풍부하게 해 주고 폭넓게 해 줄 때가

많습니다.

가슴 뛰게 하는 편지처럼 오랫동안 행복감을 느끼게 해 주는 만남도 있습니다.

그렇게 다가온 만남 때문에 상처를 받는 경우도 많습니다.

하지만 더는 상처 받지 않기 위해 마음의 문을 폐쇄하고 산다면

그 상처가 치유될 수 있도록 도와줄 인연도 다가올 수 없습니다.

웅크리고 앉았다. 그러다 문득 어떤 소리에 고개를 번쩍 들었다. 울음소리였다. 그는 소리 나는 쪽으로 가 보았다.

한 여자가 울고 있었다. 그는 나무 뒤에 숨어서 한없이 울고 있는 여자의 울음소리를 귀담아들었다. 그가 달팽이처럼 살기 시작한 뒤, 누군가의 입에서 흘러나오는 소리에 처음으로 귀를 기울인 것이다.

그녀의 울음소리는 너무도 슬펐다. 그 시간에 공원에 나와 있을 사람이 아무도 없을 거라고 여겼던 것일까. 목 놓아 우는 그녀의 울음소리는 그의 마음까지 촉촉하게 적셔 놓았다. 그녀가 자기 대신 저렇게 섧게 울고 있는 것 같았다.

얼마나 울었을까, 그녀는 울음을 그치고 몸을 일으켰다.

그런데 발걸음이 몹시 가벼웠다. 방금 전에 서럽게 운 사람 같지 않게 경쾌한 걸음이었다. 두 팔을 양쪽으로 벌린 채 음악에 맞춰 춤이라도 추는 듯이 걸어가는 그녀의 뒷모습을 그는 오랫동안 바라보았다.

그 뒤로 그녀의 울음소리는 좀처럼 그의 머릿속을 떠나지 않았다. 달팽이처럼 웅크리고 있을 때면 더 크게 들리고는 했다. 무엇 때문에 그렇게 서럽게 울었을까.

두어 달이 지난 뒤, 그는 세상이 깊이 잠들기를 기다렸다가 다시 공원을 찾았다. 그리고 그녀가 앉아 울던 그 자리로 가 보았다. 커다란 소나무가 앞을 가리고 있어 다른 곳보다 어둠이 더 짙은 자리였다.

그는 그 자리에 앉아 달팽이처럼 몸을 웅크렸다. 다른 때와 달리 이상하리만큼 마음이 편안했다. 엉뚱하게도 이 자리에 이렇게 웅크리고 있다가 밖으로 나서면 그녀가 그랬던 것처럼 두 팔을 활짝 펴고 경쾌하게 걸어갈 수 있을 것 같았다. 마음의 문을 열고 세상을 향해.

얼마나 그렇게 있었을까, 그는 어떤 인기척에 퍼뜩 정신을 차렸다. 어둠 속에서 누군가 그를 보고 있었다. 그는 그녀라는 것을 쉽게 알아챘다.

"그렇게 웅크리고 앉아서 영영 안 깨어날 줄 알았어요."

그녀가 먼저 말을 건넸다. 그녀는 오랫동안 그 자리에서 그를 지켜보고 있었던 모양이었다.

"미안합니다."

그는 당황해하며 사과했다.

"어머, 왜 미안해요? 마치 제 자리를 빼앗기라도 한 것처럼 말하시네요."

그녀 목소리는 퍽 밝았다. 그녀는 가볍게 고개를 숙이고는 등을 돌렸다. 그리고 그때처럼 양팔을 앞뒤로 경쾌하게 흔들며 걷기 시작했다. 그렇게 걸어가던 그녀가 고개를 돌려 그를 보았다.

"원숭이는 두 팔로 가슴을 껴안을 줄 몰라요. 두 팔을 활짝 펼치고 당당하게 움직이는 것이 원숭이가 스스로를 포옹하는 방법이에요. 달팽이 포옹 법하고는 다르죠. 누군가 옆에 있다면 대신 안아주겠지만 혼자이기 때문에 그렇게 스스로를 껴안으며 외로움을 달래는 것은 원숭이든 달팽이든 똑같겠지요."

그렇게 말한 뒤, 그녀는 경쾌한 걸음걸이로 멀어져 갔다. 그는 그 자리에서 꼼짝하지 않았다. 마치 사라진 그녀가 다시 돌아오기를 기다리는 것처럼. 그리고 조금 후 놀랍게도 그녀가 다시 나타났다. 손에는 캔 맥주 두 개가 들려 있었다.

"저는 그쪽을 여러 번 보았어요. 두어 달에 한 번 정도 공원에 오더군요."

두 사람은 불빛이 환하게 비추는 벤치에 나란히 앉았다.

"나를 보셨어요?"

그가 어렵게 입을 열었다. 달팽이처럼 살기 시작한 뒤, 낯선 사람에게 말을 건넨 적은 거의 없었다. 그녀는 고개를 끄덕이며 캔 맥주를 그에게 건넸다. 캔 맥주는 아주 차가웠다. 입안을 가득 에워싸는 씁싸래한 맛이 기분을 좋게 해 주었다.

"그쪽이 궁금했어요. 왜 그렇게 달팽이처럼 웅크리고만 있을까, 생각했거든요."

이번에도 먼저 그녀가 말을 건넸다. 그리고 그가 뭐라고 답을 보내기도 전에 자신의 이야기를 끄집어냈다.

"나는 가끔 여기 와서 실컷 울다 가요. 그러면 다시 원숭이처럼 당당하고 씩씩한 걸음을 걸으면서 살 수 있게 돼요."

그녀는 세 명의 어머니가 있다고 말했다.

"나를 낳아 준 어머니, 나를 맡았던 어머니, 그리고 길러 준 어머니, 그렇게 셋이나 돼요."

그녀는 담담하게 말을 이어갔다.

"친어머니는 정상적인 결혼을 하지 않은 채 나를 낳았어요. 우리

아버지가 총각인 척하고 어머니와 살림을 차렸던 것이죠. 그러다 비밀이 탄로 난 뒤에 어머니는 나를 아버지 집으로 보내고 흔적을 감추었어요. 그래서 지독하게 나를 미워하는 큰어머니 밑에서 어린 시절을 보냈어요. 어느 날 큰어머니가 두 오빠와 나를 데리고 서울에 왔는데 잠깐 한눈을 판 사이에 큰어머니와 두 오빠 모습이 안 보였어요. 여섯 살 때였을 거예요. 그러니까 큰어머니는 나를 복잡한 서울로 데려와 길거리에 버린 셈이 되지요. 고아원에서 잠깐 있다가 지금 함께 살고 있는 어머니 집으로 옮겨 왔어요."

그녀는 거기까지 말을 하다 입을 다물었다. 그리고 한동안 침묵을 지켰다. 그는 그녀가 다시 말을 시작할 때까지 가만히 기다렸다.

그녀는 캔 맥주를 다 비우고 다시 입을 열었다.

"항상 누구에겐가 버림을 받으며 자랐다는 생각을 떨치지 못했어요. 버림받는 것이 두려워서 누군가를 좋아하는 일은 엄두도 낼 수 없었어요. 사랑이 시작되면 마음속에 가장 먼저 짓는 것은 희망의 집이 아니라 불안의 집이었으니까요."

그녀도 상처 입은 영혼이었다.

세상에는 나이를 먹어 몸이 자랐어도 치유되지 못한 마음의 병

때문에 마음이 전혀 자라지 못한 마음 꼬마가 많다. 마음에 상처가 가득한 꼬마는 자신이 안고 있는 슬픔과 두려움을 죽을 만큼 두려워하고는 한다.

"나는 집 안에서, 회사에서, 친구들 앞에서, 친척들 앞에서 항상 당당하고 씩씩하게 행동해요. 우울한 표정을 짓거나 슬픈 표정을 지으면 모두 그러겠지요? 불행했던 유년 때문에 마음에 병이 많은 사람이라고. 내 내면에 남아 있는 슬픈 감정을 있는 그대로 표현할 수 있는 자리가 정말 필요했어요. 그러다 저 자리를 찾았죠."

그녀는 커다란 소나무가 있는 자리를 턱으로 가리켰다. 나는 비로소 섧게 울고 난 뒤 당당하고 경쾌하게 걸어가던 그녀의 걸음걸이를 이해했다.

그는 답례처럼 그녀에게 자신의 과거 이야기를 끄집어냈다. 그동안 가슴속에 무덤처럼 쌓아 둔 과거였다.

"왜 그렇게 달팽이처럼 웅크리고 있었는지 이해할 수 있겠어요."

그녀가 고개를 끄덕였다.

"한 번 안아도 될까요?"

그가 담담하게 물었다. 그리고는 변명하듯 덧붙였다.

"오늘도 울고 싶어서 공원에 온 것 같은데, 내가 그 자리를 먼저 차지했어요."

그의 말이 끝나기 전에 그녀가 두 팔을 벌려 그를 덥석 안았다. 원숭이처럼 활짝 펴고 걸어가던 그 두 팔로.

그도 그녀를 껴안았다. 아주 오랫동안 자신 외에는 아무도 껴안지 못했던 두 팔로.

두 사람은 서로를 껴안은 채 한동안 움직이지 않았다. 공원을 휘돌고 돌아온 바람이 두 사람의 머리카락을 가만히 쓰다듬었다.

"정말 따뜻하네요. 오랜만에 누군가의 품에 안겨 보았어요."

그녀가 먼저 말했다.

"오랜만에 누군가를 품에 안아 보았습니다."

그도 말했다.

"이상하지요? 오늘 처음 말을 주고받았는데도 아주 긴 세월 동안 알고 지냈던 사람 같아요."

"꼬마들은 자기 또래 꼬마를 보면 몹시 좋아해요. 아주 오래 알고 있기라도 한 것처럼 신기하게 금방 친해지죠. 우린 둘 다 몸은 성인인데 마음이 꼬마였거든요."

그녀가 먼저 몸을 일으켰다. 그리고 그에게 손을 내밀었다.

"지금까지는 내 안의 절망, 분노, 두려움 때문에 끙끙 앓느라 아무도 포옹하지 못했어요. 앞으로는 이 두 팔로 나 아닌 다른 사람을 많이 포옹하면서 살 수 있을 것 같네요."

"저도 마찬가지입니다. 달팽이처럼 나 혼자만을 껴안았던 이 두 팔로 남을 포옹하며 살겠습니다."

두 사람은 마주 보며 방긋 웃었다. 새벽바람이 시원했다.

선모가 꾸민 도서관

선모는 건강한 아이였다. 간혹 감기에 걸리기도 했지만 다른 애들과 조금도 다를 바 없는 열한 살 개구쟁이였고, 마음에 드는 여자애가 있으면 공연히 심술을 부리거나 장난을 거는 장난꾸러기였다.

그런 선모가 가장 좋아하는 것은 책이었다. 말썽꾸러기 선모가 조용히 지내는 시간은 책을 읽을 때였다.

"책을 읽으면 정말 재미있어. 나는 책 읽을 때 제일 기분이 좋아."

선모는 항상 그렇게 말하고는 했다.

그런 선모가 이상한 증세를 보이기 시작했다. 워낙 코피를 자주 흘리기는 했지만 어딘가에 몸을 부딪치면 금방 파랗게 멍이 들고 쉽게 사라지지도 않았다.

그러던 어느 날 심하게 감기를 앓았다. 열이 오르고, 호흡도 곤란 해했다. 먹은 것도 없는데 자꾸만 심하게 토했다.

"감기 증세인 것 같습니다. 어린 애들은 감기에 걸리면 허리가 아프다고 하기도 하고 내장에 열이 많으니까 먹은 것을 토하기도 합니다."

찾아간 동네 병원의 의사는 그렇게 말했다. 코피를 흘리는 것도 몸에 열이 많아서 그렇다고 했다.

며칠 뒤, 열이 내리고 호흡도 정상으로 돌아왔지만 선모는 힘이 하나도 없었다. 책을 읽을 때 빼고는 한시도 가만히 앉아 있지 못하던 예전 모습과 달리 친구들이 찾아와도 자꾸만 누우려고 했다.

맛있는 음식도 먹기 싫다면서 도리질을 쳤고 나날이 몸이 야위어 갔다.

"엄마 어지럽고 토할 것 같아."

엄마는 밤중에 일어나 배가 아프다고 우는 선모를 업고 큰 병원 응급실로 갔다.

"너무 늦었습니다."

의사는 선모가 백혈병을 앓고 있다고 했다.

"하루가 다르게 증세가 나빠질 것입니다."

선모의 증세는 너무 심각했고, 남은 시간도 얼마 남지 않았다고
했다.

"그럼 우리 선모가 죽나요?"

엄마는 울면서 선모를 살려 달라고 애원했다.

"기적이 일어났으면 좋겠습니다. 아무쪼록 선모가 고통을 잘 견
디고 이겨낼 수 있었으면 좋겠습니다."

의사의 말에 엄마는 넋을 잃고 말았다. 선모는 곧바로 소아암 병
동에 입원했다.

"엄마, 여기는 많이 아픈 애들만 입원해 있잖아. 얼마 못 사는 애
들도 있대. 그러니까 여기는 정말 무서운 데잖아. 근데 왜 집에 안
가고 여기 있는 거야?"

선모는 아플 때마다 울면서 집에 가자고 졸라댔다.

"여기 병동에 입원했다고 다 위험한 것은 아니야. 더 나빠지지 않
게 하느라 입원한 거야. 우리 반드시 건강해져서 집으로 돌아가자,
응?"

엄마는 선모를 등에 업고 달렸다. 엄마는 어떻게든 선모를 살리고 싶었지만 선모 건강은 하루가 다르게 나빠졌다.

"엄마, 다리도 아프고 머리도 너무 아파서 터질 것 같아."

"집에 가자, 엄마. 집에 가면 안 아플 것 같단 말이야!"

"왜 엄마는 내 말을 안 들어줘! 집에 가면 안 아플 거라고 했잖아!"

선모는 통증을 못 견디고 밤새 울었다. 울다 지쳐 잠이 들고는 했다. 나중에는 기운이 없어 눈물만 뚝뚝 흘리고는 했다.

"우리 선모 가엾어서 어떻게 해."

엄마는 울다 지쳐 잠이 든 선모 머리를 쓰다듬으며 눈물을 흘렸다. 그러나 선모가 깨어나면 항상 밝은 얼굴로 대하려고 애썼다.

"선모가 집에 있을 때 가장 즐거웠던 시간이 뭐였지?"

"책 읽을 때. 그런데 여기 병원에서는 책도 마음대로 못 읽잖아."

"아냐, 그렇지 않아. 엄마가 우리 선모가 가장 좋아할 곳을 찾았어. 우리 오늘은 그곳에 가 보자."

엄마는 선모를 휠체어에 태우고 같은 병동에 있는 도서관을 찾아갔다.

세상에는 많은 농부가 살고 있습니다.

농사를 짓는 아저씨는 논과 밭으로 나가 마음을 심고,

환경미화원 아저씨는 이른 새벽 도로 곳곳에 마음을 심고,

학교 선생님은 학생들에게 마음을 심고,

의사 선생님은 환자들에게 마음을 심습니다.

하늘의 햇살이 세상을 골고루 비춰 주듯이

모든 사람 마음에도 밝은 햇살이 듬뿍 담겨 있습니다.

그래서 매일 마음의 햇살을 필요로 하는 곳에,

필요로 하는 사람에게 고루 뿌려 줍니다.

우리는 마음속의 햇살을 선물처럼 받으며

하루하루를 편안하게 살아갈 수 있습니다.

"정말 귀엽게 생겼구나. 오늘 처음 왔지? 앞으로 책 보러 자주 와야 한다."

도서관 누나가 선모를 꼭 안아 주었다.

"이름이 선모라고 했지? 이름만큼이나 웃는 모습이 정말 귀엽다. 앞으로 자주 놀러 와. 약속할 수 있지?"

누나가 먼저 손가락을 내밀었다. 선모는 활짝 웃으며 손가락을 걸었다.

그 날, 선모는 잃어버린 웃음을 다시 되찾았다. 책을 읽느라 아프다는 말도 하지 않았다.

"도서관이 있어서 정말 다행이야. 앞으로 책 보러 자주 가야지."

선모가 기뻐하는 모습을 보면서 엄마도 오랜만에 활짝 웃었다. 그러나 선모는 도서관을 몇 번 찾지 못했다. 몸이 너무 아파 병실 밖을 나올 수 없었기 때문이었다. 그리고 며칠 뒤, 선모는 가쁜 숨을 몰아쉬며 엄마에게 부탁했다.

"엄마, 나 죽으면 내 동화책이랑 만화책 모두 도서관에 갖다 줘. 도서관에 가 보니까 재미있는 책이 별로 없었어. 다른 애들도 책을 읽으면 덜 아플 거야. 덜 아프면 병이 다 나을 수도 있잖아."

선모는 같은 병동에 입원해 있던 자기 또래 아이들도 재미있는 책을 읽으면서 즐거워하기를 바랐던 것이다.

"그래, 우리 선모 부탁대로 재미있는 동화책이랑 만화책을 모두 도서관에 갖다 놓을게."

"고마워, 엄마."

선모는 희미하게 미소를 지었다. 그리고 몇 시간 뒤 선모는 조용히 눈을 감았다.

선모가 하늘나라로 떠난 뒤 소아 병동 도서관에는 새로운 책 수백 권이 꽂혔다. 엄마가 선모가 읽었던 책들을 잘 손질해서 가져다 놓은 것이었다.

"선모는 하늘나라로 떠나면서도 다른 아이들이 건강하게 웃음을 되찾기를 바랐나 봐요. 선모는 어린 천사였어요."

도서관의 누나는 '기증자 이선모'라고 써서 책마다 붙였다.

그 뒤에 선모를 닮은 꼬마 천사가 많이 나타났다. 소아 병동에 입원한 꼬마 천사들이었다. 꼬마 천사들은 몸이 아픈 다른 친구를 위해 즐겨 읽었던 책을 아낌없이 내놓았다.

지금 선모는 세상에 없지만 선모가 꾸민 도서관에는 일만 권이 훨씬 넘은 책들이 꽂혀 있다. 몸이 아픈 친구들의 손때가 묻은 책들이었다.

"선모가 처음 도서관을 찾았던 날을 지금도 생생하게 기억해요. 하얀 피부에 방글방글 웃는 얼굴이었어요. 웃는 모습이 귀여워서 자주 볼 수 있기를 바랐는데……."

도서관 누나는 선모의 따뜻한 마음을 누구보다 잘 기억했다. 비록 하늘나라로 떠났지만 지금도 선모가 아픈 친구들을 포근하게 안아 주는 것이라고 굳게 믿고 있었다.